Scherenschnitte

Umschlagsgestaltung:

Marion Scheer

Scherenschnitte

(2001/2023)

Marion Scheer

Impressum:

Bibliografische Information der Deutschen Nationalbibliothek: Die Deutsche Nationalbibliothek verzeichnet diese Publikation in der Deutschen Nationalbibliografie; detaillierte bibliografische Daten sind im Internet über dnb.dnb.de abrufbar.

© 2023 Marion Scheer

Herstellung und Verlag:
BoD – Books on Demand, Norderstedt

ISBN: 9 783739 225487

Inhalt

Die Engelmacher 7
Die Flankenfrau 35
Schick mal Bild mit Pinsel 110
Epilog..237
Danksagung 238
Zur Autorin 239

Die Engelmacher

1.

Lore geriet in Panik. Wieder und wieder wischte sie mit dem Fetzen aus Altpapier zwischen ihren Beinen herum.

Nicht der kleinste Tropfen Blut zeigte sich!

Es begann jetzt schon der dritte Monat, in dem sie vergeblich auf ihre Periode hoffte. Dabei war sie fest davon überzeugt gewesen, noch gerade eben ein starkes Ziehen in ihrem Unterleib zu spüren, so als habe ihre Regelblutung endlich eingesetzt.

Tränen rannen ihr über die bleichen eingefallenen Wangen. So viele verworrene Gedanken kamen ihr in den Sinn. Immer und immer wieder hatte sie in den letzten Wochen versucht sich abzulenken und ruhig zu bleiben. Absichtlich hatte sie mit niemandem über den Verdacht gesprochen, der nun trotzdem zu einer Tatsache geworden war.

Sie fühlte sich wieder *guter Hoffnung*!

Schließlich war sie – trotz ihrer Jugend – keine unerfahrene Frau, die an der Veränderung ihres Körpers eine aufkeimende Schwangerschaft nicht wahrnehmen könnte. Alle Anzeichen wiesen schon länger in diese Richtung. Bei ihrem Töchterchen, das sie mit achtzehn bekommen hatte, war ihr morgens immer schwindlig und übel gewesen. Das war nun nicht der Fall. Es würde also ein Junge werden. Genau wie der kleine Herbert, bei dem sie eine blühende Schwangere gewesen war, ganz ohne gesundheitliche Probleme.

Die hormonellen Umstellungen waren dennoch vorhanden. Die Brüste wurden praller, obwohl sie gerade abgestillt hatte. Sie spürte Appetit auf die seltsamsten Dinge. Erst gelüstete es sie nach einem Salzhering und dann nach einem Stück Sahnetorte mit einer Zuckererdbeere. Genau von der Sorte, die in der Ausstellung der Konditorei Schulte die Kunden anlockte und soviel kostete, wie ihr für den ganzen Monat an Haushaltsgeld zur Verfügung stand. Im nächsten Augenblick gierte sie nach einem Tomatensalat. Dabei waren Tomaten mitten im Winter nirgends zu bekommen.

Sie schüttelte den Kopf, so als wolle sie die verrückten Gedanken herausschleudern. Sollte sie sich doch wieder zur Rheinbrücke aufmachen? Schon zweimal hatte sie in der letzten Zeit dort in der eisigen Kälte gestanden und einen inneren Kampf ausgefochten.

Gottfried, ihr Mann, war währenddessen auf Nachtschicht gewesen. Das bringt mehr Geld in die Haushaltskasse, meinte er immer, wenn sie sich darüber beschwerte.

Als die Kinder eingeschlafen waren, hatte sie sich den abgetragenen Wintermantel übergezogen, den ihr die Tante aus einem ausrangierten Armeemantel geschneidert hatte. Er war warm und strapazierfähig. Und so kurz nach Kriegsende liefen viele Menschen in seltsamen Sachen herum. Die Not hatte noch kein Ende gefunden, obwohl es merklich aufwärts ging. Sie sollte sich nicht beklagen. Ihr Gottfried hatte Arbeit in einem Stahlwerk. Sie durften gerade eine moderne Werkswohnung beziehen und waren glücklicherweise alle vier wohlauf.

Warum musste sie mit dieser Schwangerschaft nun alles zerstören, was sie so mühsam erreicht hatten? Wieder weinte sie bitterlich. Das Geld würde nicht reichen, um ein weiteres hungriges Mäulchen zu stopfen! Sie konnten sich schon jetzt keine neuen Schuhe leisten.

Obwohl in den Schaufenstern inzwischen wundervolle Sachen angeboten wurden, musste sie gesenkten Blickes daran vorbeischleichen, weil ihre Familie in erster Linie Essen benötigte. Den neuen Gasherd, den kleinen Kohleofen und das Radio hatten sie auf Raten erworben. Deshalb blieb nun am Monatsende trotz ihrer Sparsamkeit nicht eine Mark übrig. An manchen Tagen konnte sie das Haus nicht verlassen, weil sie keine intakten Strümpfe hatte. Selbst das Laufmaschenaufnehmen kostete Geld.

Ja, sie würde nach den beiden Kindern sehen. Und wenn sie friedlich schliefen, wollte sie ein letztes Mal zur großen Brücke über dem dunkel schimmernden Fluss laufen. Diesmal würde es ihr gewiss gelingen, ihrem Elend ein Ende zu setzen.

Sie schleppte sich von der Toilette – ja, sie besaßen in der neuen zwei Zimmer Wohnung ein richtiges Badezimmer mit einem Spülklosett!

Bis vor acht Wochen hatten sie bei ihren Eltern gewohnt. Es war sehr beengt gewesen, und das stille Örtchen befand sich auf dem Hof in einem Holzverschlag. Dort wurde man von Fliegen umschwärmt, und es stank erbärmlich, außer im Winter. Dann fror einem die Scheiße am Hintern fest, wie ihr derber Vater immer schimpfte. Oft nahm er einen Spaten zur Hand und schlug den gefrorenen Haufen, der sich schon fast über den Rand des Plumpsklos wölbte, in kleine Stücke. Diese eklige Erinnerung schüttelte sie.

Aufmerksam horchte sie nun an der Schlafzimmertür. Es war ruhig. Wahrscheinlich schliefen die Kleinen schon. Mit übertriebener Vorsicht drückte sie die Klinke hinunter und schlüpfte in den dunklen Raum.

Beinahe andächtig horchte sie auf das leise Schnorcheln ihres kleinen Sohnes. Er hatte immerzu eine verschnupfte Nase, deshalb machte er nachts diese Geräusche. Obwohl sie alle in einem Raum schliefen, hatte es sie aber bisher nie gestört. Besser sie hörte, dass die Kinder ruhig schliefen, als dass sie sich Sorgen um sie machen musste.

Ihre Tochter Evelyn hatte manchmal Durchschlafschwierigkeiten. Sie stand dann plötzlich auf und lief mit weit aufgerissenen Augen durch die Wohnung. *Schlafwandeln* hatte der Kinderarzt das genannt. Er hatte davor gewarnt, das Kind gewaltsam aufzuwecken. Sie sollten es möglichst vorsichtig wieder ins Bettchen geleiten. Das konnte manchmal dauern. Einmal hatte Evelyn sogar ohne aufzuwachen mit Gottfried zusammen Bratkartoffeln gegessen, als dieser hungrig aus der Spätschicht gekommen war.

Lore zog das warme Deckbett über die Schulter ihres Töchterchens. Die Kleine schlief in einem Klappbett neben dem Ehebett, weil das Gitterbettchen jetzt mit ihrem elf Monate alten Bruder belegt war. Die Mutter musste sich zwischen den Betten hindurchzwängen, um das seidige Haar des Mädchens zärtlich zu streicheln. Sie liegt da wie eine Puppe, dachte sie und wich vorsichtig zurück, um sie nicht zu wecken. Ihr Strumpf blieb an einer Schraube hängen, die aus dem metallenen Bettgestell ragte.

Verdammt, wieder eine Laufmasche, wurde ihr entsetzt bewusst, und sie presste die Hand auf den Mund, um nicht laut aufzuschluchzen. Während ihr Tränen der Frustration in die Augen stiegen, schlich sie aus dem Schlafzimmer.

2.

Lore lag jetzt wach und wartete schweren Herzens auf Gottfried.

Draußen auf der stählernen Brücke um Mitternacht hatte der eisige Wind im blassen Mondenschein ihren Mantel ergriffen, als versuche er, sich seiner zu bemächtigen. Was wollte der blöde Wind mit diesem alten Mantel, hatte sie sich einen Augenblick gefragt und über ihre Naivität beinahe lachen müssen. Wahrscheinlich hatte das den unheilvollen Bann gebrochen. Die Gesichter der Kinder waren unvermittelt in ihr aufgestiegen - unschuldige Augen, die hilflos ihre Mutter suchten.

Sie hatte wieder nicht springen können!

Egal was Gottfried ihr vorhalten würde, egal was ihre strengen Eltern oder die neugierigen Nachbarn sagen mochten, sie würde nicht ins Wasser gehen. Ihre beiden Kleinen brauchten eine Mutter.

Dann hörte sie ihn an der Wohnungstür. Er klapperte immer so laut herum und warf anschließend die Tür krachend ins Schloss. Dass andere Leute um diese Uhrzeit noch schliefen, interessierte ihn nicht. Glücklicherweise wurden Evelyn und Herbertchen nicht wach.

Noch bevor Gottfried aus seinen Sachen schlüpfen konnte, um im Bad zu verschwinden, stand sie in der Küche hinter ihm. Der kräftige Kerl schreckte zusammen und starrte sie irritiert an.

Normalerweise blieb sie im warmen Bett, bis er sich frischgemacht und ein paar Brote verschlungen hatte. Dann kroch er zu ihr und wärmte sich an ihr auf. Es war ihre liebste Stunde des Tages. Die Kinder schlummerten selig, und sie hatten eine zärtliche Zeit für sich allein. Anschließend schlief er immer tief und fest, und Lore konnte ihren Tag mit den Kindern ungestört beginnen.

„Was schleichst du hier herum?" Er wirkte verärgert. Sie störte seine Weltordnung. Demütig drückte sie ihm einen Kuss auf die Wange. Er rang sich ein verkniffenes Lächeln ab und streichelte über ihr wirres Haar.

„Ich muss erst ins Bad und bisschen abschalten, Loreschatz", stöhnte er genervt. Sie ließ ihn ungehindert ins Bad gehen und schmierte ihm währenddessen die Brote mit seiner Lieblingswurst. Dann schenkte sie ihm ein großes Glas Milch ein. Das würde ihn versöhnen. Vielleicht konnte sie nachher mit ihm reden. Sie hoffte sehr, dass er nicht wütend auf sie würde.

Während er im Schlafanzug zum Tisch kam, schnitt sie gerade eine Gewürzgurke für ihn zurecht und drapierte alles sehr hübsch auf dem Teller. Erstaunt zog er eine Augenbraue hoch und setzte sich auf den knarrenden Holzstuhl, der von seinen Eltern stammte.

Sie blieb erst einmal ganz ruhig. Das Haar hatte sie sich etwas zurecht gezupft, und nun sah sie ihm wohlwollend lächelnd beim Essen zu. Er nahm einen großen Schluck Milch und fragte dann zwischen zwei Bissen: „Ist irgend etwas besonderes, oder konntest du nicht schlafen?"

„Ach, iss erst in Ruhe zu Ende! Das hat Zeit", murmelte sie.

„Wie soll man da in Ruhe essen, wenn die Frau einen mit verheulten Augen beobachtet? Ich sag dir, ich hatte eine anstrengende Schicht und bin nicht in Stimmung für deine schlechte Laune! Haben die Kinder was angestellt?" Er hielt mit dem Essen inne, ballte die großen Hände zu Fäusten und legte sie auf den Tisch.

„Ich bekomme wieder ein Baby." Lore sagte es einfach so dahin, während sie den Kopf gesenkt hielt, weil sie ihm nicht in die Augen schauen konnte.

Gottfried entgleisten die Gesichtszüge. Er war derart außer Fassung, wie seine junge Frau es noch nie erlebt hatte. Ohne ein Wort sprang er auf und warf dabei fast den Stuhl um. Dann begann er in der Küche auf und ab zu marschieren. Das tat er immer, wenn er nervös war.

Schließlich stieß er wütend hervor: „Das ist ja sehr passend! Wie sollen wir denn noch ein Balg durchfüttern? Bist du sicher? Du hast doch behauptet, solange der Kleine die Brust bekommt, ist das ungefährlich."

Lore begann leise zu weinen. Sie wusste sich keinen Rat. Und dass ihr Gottfried ärgerlich war, machte sie unglücklich. Nach einer Weile fühlte sie seine starken Hände auf ihren zuckenden Schultern. Er drehte sie zu sich herum und nahm sie fest in die Arme.

„Nun weine nicht, mein Loreschatz", flüsterte er beschwörend an ihrem Ohr. „Wir müssen uns was einfallen lassen. Vielleicht weiß meine Mutter einen Rat. Ich gehe morgen am Nachmittag zu ihr und bespreche alles. Nun husch du wieder ins Bett! Ich komme gleich nach." Flüchtig drückte er ihr einen Kuss auf die Stirn, um sich dann wieder an den Tisch zu setzen und nachdenklich sein restliches Brot zu vertilgen.

Die zärtliche Zweisamkeit fiel anschließend aus. Gottfried wickelte sich auf seiner Seite in die kalte Decke und schlief bald darauf ein, ohne noch eine einzige Bemerkung zu machen.

Gegen sieben Uhr holte Lore die Kinder leise aus den Betten. Dann nahm ihr Tag wie immer seinen Lauf. Sie musste die Arbeiten im Haus stets leise verrichten, um ihren schwer arbeitenden Mann nicht in seinem verdienten Schlaf zu stören.

Die Kinder wollten gleichzeitig beschäftigt werden, damit sie sich still verhielten. Im Winter war das besonders schlimm, weil Lore, wegen des schlechten Wetters und der Kälte, manchmal nicht mit ihnen vor die Tür gehen konnte. Heute stand außerdem noch die große Wäsche an.

Die Werkshäuser hatten eine Gemeinschaftswaschküche. Es gab einen festen Waschplan. Wenn ihr Waschtag war, musste sie die Gelegenheit wahrnehmen, sonst konnte sie alles in ihrem Bad mühsam auf der Hand waschen. Sie schleppte also die Wäsche und das Waschmittel hinüber ins Waschhaus. Dann holte sie die Kinder, damit sie in der Wohnung keinen Unsinn anstellten oder gar den Vater aufweckten. Es war für die Kleinen keine Freude in der kahlen von feuchtwarmen Nebelschwaden erfüllten Waschküche zu spielen. Lore musste immer sehr aufpassen, dass sie nicht mit der heißen Lauge in Berührung kamen.

Es war eine echte Plackerei. Die weiße Wäsche musste gekocht, mehrfach gespült und mittels einer Vorrichtung mit zwei Walzen ausgewrungen werden. Die dunkelblauen Arbeitsanzüge ihres Mannes musste sie auf einem Waschbrett sauberrubbeln. Dazu benötigte sie außer ihren geschundenen Händen auch eine Wurzelbürste. Ihre zarten Finger waren bald rot von der Lauge und der schweren Arbeit. Ihr Kopf schwirrte vom Geschrei der Kinder.

Wenigstens konnte sie bis zum frühen Nachmittag keinen Gedanken an ihre ungewollte Schwangerschaft verschwenden. Dann musste sie die Wäsche auf den Trockenboden hängen. Draußen trocknen fiel wegen des Wetters flach.

Schließlich packte sie ihre Sachen zusammen, setzte Herbertchen in den Kinderwagen, platzierte den Wäschekorb vorsichtig über seinen dicken Beinchen und nahm ihre Evelyn bei der Hand. So beeilte sie sich in ihre Wohnung zu gelangen.

Dort wartete das Essen darauf gekocht zu werden, damit ihr Mann sich für den Arbeitstag stärken konnte.

Es gab Eintopf. Der musste nur noch aufgewärmt werden. Den Kindern konnte sie davon etwas abfüllen und kleinstampfen. Gemüse war gesund. Fleisch gab es selten. Heute hatte sie für Gottfried allerdings eine dicke Bockwurst. Das würde ihn besänftigen.

Während ihr Ehemann zum Essen aufstand, kurz im Bad verschwand und sich anzog, hatte Lore die Kinder abgefüttert und zum Mittagsschlaf in die Bettchen gesteckt. Sie wusste, dass die beiden manchmal nicht schliefen, sondern Unsinn machten, aber durch diese Regelung konnten sie und Gottfried die einzige warme Mahlzeit des Tages in aller Ruhe gemeinsam einnehmen.

Er wusste ihr Essen zu würdigen. Sie war, obwohl erst gerade über zwanzig, eine passable Hausfrau. Darauf hatte ihre Mutter geachtet. Und bei ihrem Pflichtjahr auf einem Bauernhof, hatte sie kräftig im Haushalt mit anpacken müssen. Ihr Mann kaute zufrieden an seiner Bockwurst und sah sie dabei forschend von der Seite an.

„Geht's dir wieder besser, Loreschatz?", fragte er schmatzend. Sie nickte nur und widmete sich wortlos ihrem halbvollen Teller. Es gefiel ihr nicht sonderlich, dass seine Familie nun vor ihrer eigenen von der Schwangerschaft erfahren sollte. Aber was konnte sie dagegen tun? Sie würde nicht so schnell eine Gelegenheit bekommen, bei diesem Wetter mit den Kindern zu ihrem Elternhaus zu gelangen. Der Fußweg dauerte über zwei Stunden, und für den Omnibus hatte sie kein Geld.

Gleich nach dem Essen machte sich Gottfried mit dem Fahrrad auf zu seinen Eltern. Er nahm seine Tasche schon mit. Von dort würde er gleich zur Arbeit aufbrechen. Vorher zu ihr nach Hause zu kommen, wäre ein unzumutbarer Umweg. Sie akzeptierte das. Er war schließlich ein schwer arbeitender Mann.

Nachdem er weg war, wusch sie das Geschirr ab und holte die Kinder wieder aus dem Schlafzimmer. Sie spielten in der Küche mit den Kochlöffeln Kasperletheater. Während sie Strümpfe stopfte, hörte sie das muntere Geplapper ihrer Tochter, die sich für das Brüderchen Geschichten ausdachte. Wie kommt die kleine Evelyn nur immer auf solche Ideen, dachte sie schmunzelnd. Herbertchen kreischte derweil vor Vergnügen, wenn die mit Schleifen und alten Lappen fantasievoll verzierten Kochlöffel sich gegenseitig über den Küchentisch jagten.

3.

Eine weitere Nacht wälzte sich Lore im leeren Ehebett herum, ohne in den Schlaf zu finden. Immer wieder lauschte sie auf das vertraute Geräusch der Wohnungstür, das ihren Gottfried ankündigen würde. Als sie es endlich vernahm, fühlte sie sich vor Müdigkeit und Frustration total erschlagen. Sie zögerte einen Moment mit dem Aufstehen, weil sie sich einer weiteren Auseinandersetzung mit ihrem Mann eigentlich nicht gewachsen fühlte. Dann nahm sie all ihren Mut zusammen und raffte sich auf.

Als sie in die Küche kam, hantierte Gottfried bereits im Bad. Sie stellte einen Teller und alles was er benötigte auf den Tisch. Ihm die Brote zu schmieren, fehlte ihr die Kraft. Also ließ sie sich auf einen Küchenstuhl fallen und schmiegte den bleischweren Kopf in ihre aufgestützten Hände.

Als er endlich in die Küche kam, blieb sie weiter so hocken, ohne sich zu rühren. Er streichelte ihr übers Haar und nahm dann ebenfalls am Tisch Platz. Noch bevor er mit dem Essen begann, sprach er mit ihr.

„Loreschatz, ich will es kurz machen. Es war keine angenehme Situation, die ich bei Vater und Mutter hatte. Aber das kannst du dir ja denken.

Die üblichen Vorhaltungen eben. Jedoch hat sich Tante Hiltrud am Schluss bereiterklärt, uns zu helfen. Sie kennt eine Engelmacherin."

In diesem Augenblick schreckte Lore entsetzt vom Stuhl hoch und starrte Gottfried an.

„Setz dich wieder hin, Lore, und hör mir erst mal zu!", befahl er mit einer Stimme, die keinen Widerspruch duldete. Also gehorchte sie.

„Diese Engelmacherin hat einen ausgezeichneten Ruf. Tante Hiltrud kennt keine Frau, die sich je über sie beschwert hat. Sicherlich ist diese Lösung gesetzeswidrig und auch nicht billig, aber viele Familien gehen diesen Weg, wenn sie keinen anderen Ausweg sehen." Er legte eine kurze Pause ein, während er sich mechanisch die Brote zurechtmachte.

Lore begann wieder leise zu weinen.

„Nun hör endlich auf mit dem Geflenne, Frau! Es fällt mir auch nicht leicht, diese Entscheidung zu treffen. Und wir werden das Geld für die Engelmacherin, sobald es uns besser geht, an Tante Hiltrud zurückzahlen müssen. Und wer sie kennt weiß, dass sie jeden einzelnen Pfennig nachzählen wird. Ein drittes Kind würde aber entschieden teurer und könnte mich in den Schuldenturm bringen. Willst du das?" Er hielt inne und betrachtete das schluchzende Häufchen Elend, das seine Ehefrau war, mit ungeduldigem Blick. „Nun lass das Heulen und sag ein Wort! Es ist und bleibt die einzige Möglichkeit. Wir haben keine andere Wahl!", herrschte er sie an.

Lore brachte keinen vernünftigen Laut heraus. Ihre Zunge klebte dick und unbeweglich an ihrem Gaumen. Sehr leise stammelte sie etwas Unverständliches, wischte sich aber dann brav die Tränen aus den Augen und sah Gottfried unterwürfig an. Als sie seinen unbarmherzigen Blick wahrnahm, wusste sie, dass die Entscheidung bereits am Vortag im Haus seiner Eltern gefallen war. Sie hatte nichts mehr dazu beizutragen außer zu nicken.

Die Tante würde den Termin bei der Engelmacherin vereinbaren. An dem Tag wollten die Schwiegereltern die Kinder bei sich aufnehmen, damit sie aus dem Weg waren. Die Frau kam immer nur zu den Patientinnen in die Wohnung. Eine eigene Praxis wäre zu gefährlich gewesen, weil Abtreibungen gegen das Gesetz verstießen.

Es wurden drei entsetzliche Tage für Lore. Während sie auf den Termin der illegalen Abtreibung wartete, kamen ihr wieder die Gedanken an

Selbstmord in den Kopf. Sie konnte sich nicht auf ihre Kinder und schon gar nicht auf die Hausarbeit konzentrieren. Zum ersten Mal brannte ihr das Essen an. Aber Gottfried übersah ihre tiefe Traurigkeit einfach und erwähnte die leidige Angelegenheit mit keiner Silbe mehr.

Viel zu schnell kam der Tag, vor dem sie sich so sehr fürchtete. Tante Hiltrud brachte die Engelmacherin morgens um zehn in ihre Wohnung. Sie hatte ihrer angeheirateten Nichte außer einem kurzen Gruß nicht viel zu sagen. Emotionslos nahm sie die beiden Kleinen mit sich fort, um sie vereinbarungsgemäß bei den Schwiegereltern abzuliefern, bis Lore sich von dem Eingriff erholt hätte.

Die sah Herbertchen und Evelyn aus dem Küchenfenster winkend noch eine Weile nach, bis sie hinter dem nächsten Wohnblock aus ihren Augen verschwanden. Während sich die Engelmacherin geduldig und mit kerzengeradem Rücken auf Gottfrieds Stuhl setzte, versuchte die junge Mutter das Drama, welches ihr nun bevorstand, hinauszuzögern.

„Ich geh dann nochmal auf die Toilette", stammelte sie und verschwand ohne eine Antwort abzuwarten im Bad. Durch die geschlossene Tür hörte sie, dass ihr Mann offensichtlich aufgestanden war und mit der Engelmacherin redete. Seine Stimme wirkte aufgebracht. Schnell beendete Lore den Toilettengang und eilte wieder in die Küche zurück.

Dort stand ihr Gottfried mit freiem Oberkörper auf bloßen Füßen nur mit seiner dunklen Hose bekleidet und funkelte die Heilerin wütend an.

„Wer sind Sie eigentlich, dass Sie hier über mich bestimmen wollen. Wir bezahlen Ihnen einen Haufen Geld für diesen Dienst. Da könnten Sie sich wenigstens freundlich verhalten! Ich kann meine junge hilflose Ehefrau doch nicht einfach so einer Wildfremden ausliefern!" Er stemmte die muskulösen behaarten Arme in die Hüften.

Die Engelmacherin war eine hagere große Frau mit einem silbergrauen Haarknoten. Alles an ihr wirkte sauber und adrett. Lore bemerkte aber auch, wie stark sie war. Das Leben und dieser seltsame Beruf mochten ihr eine übernatürliche Kraft verliehen haben, die sie noch an keiner anderen Frau je wahrgenommen hatte.

Ohne sich auch nur vom Stuhl zu erheben, sah die Alte den wütenden Mann einfach an und sagte dann ganz ruhig: „Ich mache hier die Regeln, junger Mann! Und Ehemänner kann ich bei dieser blutigen Prozedur nicht gebrauchen. Also ziehen Sie sich flugs etwas Warmes an. Der Wind weht nämlich heute eisig. Und dann trollen Sie sich bis wir das hier überstanden haben. In etwa zwei Stunden dürfen Sie mit einem kleinen Blumenstrauß für Ihre Frau wieder vorbei schauen."

Gottfried klappte den Mund einmal auf und dann sofort wieder zu, drehte sich auf dem Absatz um und verschwand. Nach einer Weile hörten die beiden Frauen die Wohnungstür zuschlagen.

4.

In einem freundlichen Tonfall wandte sich die Engelmacherin nun an ihre Patientin: „So, mein armes Mädchen, nun mach hier mal den Küchentisch frei! Wir benötigen eine Menge saubere Handtücher und heißes Wasser. Außerdem kannst du dir zwei kleine Kissen für unter den Kopf und den Rücken holen. Dann ist es ein bisschen bequemer. Der Tisch ist eben hart, aber hier hab ich hervorragendes Licht und die Schweinerei lässt sich anschließend einfacher beseitigen."

Die Frau tätschelte ihre Wange und lächelte ihr aufmunternd zu.

Lore fühlte sich plötzlich geborgen. Die resolute Alte vermittelte ihr das Gefühl, nicht mehr allein mit dem schrecklichen Problem zu sein. Sie spürte instinktiv, dass sie bei ihr in den besten Händen sein würde.

Die Vorbereitungen für den schrecklichen Eingriff dauerten bei weitem länger, als die ganze Sache selber.

Lore sah natürlich ein, dass alles parat liegen musste, weil die Engelmacherin ja keine Helferin hatte. Und es war auch in ihrem eigenen Interesse, dass alles blitzsauber und steril sein würde. Aber ihre Geduld und körperliche Belastbarkeit traten immer mehr in einen Grenzbereich, wo sie einen totalen Zusammenbruch fürchtete.

Als es schließlich soweit war, und sie mit angewinkelten Beinen vollkommen nackt auf dem Küchentisch lag, konnte sie der ganzen Prozedur nichts mehr entgegensetzen – auch wenn sie es gewollt hätte.

Die Engelmacherin murmelte beruhigend vor sich hin, derweil sie an Lores Unterleib hantierte. Sie benutzte einige Werkzeuge, die die junge Frau bei den Vorbereitungen schon ängstlich in Augenschein genommen hatte. Nun verursachten sie ihr leichte Schmerzen. Immer wenn sie ängstlich jammerte, beruhigte die Alte sie sofort mit ihrer Stimme, die wie eine Heilsalbe wirkte.

Endlich war sie fertig und erhob sich aus der gebückten Haltung. Sie reinigte ihre Hände sorgfältig und wischte über den Tisch. Während sie tief ein- und ausatmete, stützte sie die Hände minutenlang in ihr schmerzendes Kreuz.

„Nun, mein Kind, es ist vollbracht! Du wirst diesen Fötus im Laufe des Tages verlieren. Das wird eine etwas schmerzhafte und blutige Sache, aber dann bist du jedenfalls vorerst nicht mehr schwanger." Sie tätschelte der Patientin den flachen Bauch und blickte ihr dabei freundlich in die verweinten Augen. Lore war so erschöpft, dass sie nichts sagen konnte.

„Du und dein Mann ihr seid noch sehr jung. Wenn man ständig beieinander liegt, können noch sehr viele Babys gezeugt werden. Hat euch mal jemand über Empfängnisverhütung aufgeklärt?" Die Alte kramte währenddessen in ihrer großen Tasche. Lore schüttelte den Kopf, ohne eine Ahnung, was die Frau meinte. Diese hatte jetzt etwas gefunden und hielt es ihr hin. Die Patientin starrte das Ding an und nahm es zögerlich entgegen.

„Das ist ein Verhütungsmittel aus festem Gummi. Dein Mann muss es immer vor dem Geschlechtsverkehr über sein edles Teil stülpen, dann wird der Samen zurückgehalten. Es können keine weiteren Schwangerschaften entstehen, wenn ihr beide darauf achtet. Verstehst du, mein Mädchen? Die Ursache für jede Empfängnis ist die Besamung während des Geschlechtsaktes." Sie sah Lore eindringlich an, bis diese nickte.

„Wenn ihr wenig Geld habt, was ich annehme, kann dein Mann das Kondom – so nennt sich dieses Verhütungsmittel offiziell – auch mehrfach benutzen. Es muss dann aber gründlich mit heißem Wasser ausgespült und getrocknet werden. In der Apotheke kann er jederzeit neue Überzieher kaufen." Nun erst half sie der Patientin vom Tisch herunter, legte ihr eine dicke Binde zwischen die Beine und unterstützte sie beim Anziehen der bequemen Kleidung, die bereitlag.

Lore wurde schwindlig. Sie musste sich setzen. Die Engelmacherin kochte einen Kaffee, nachdem Lore ihr erklärt hatte, wo sich in den Küchenschränken finden ließ, was sie dazu benötigte. Kaffee war sehr teuer, aber sie mochte es der Alten nicht abschlagen.

Als beide an dem wieder sauberen Küchentisch bei einer kostbaren Tasse Kaffee saßen, begann Lore sich besser zu fühlen. Sie realisierte, dass sie nun doch kein weiteres Baby bekommen müsste. Sie hatte ja auch schon genug mit den beiden anderen zu tun.

Gern wäre sie mal wieder ins Kino gegangen oder wie früher mit Gottfried zum Tanzen. Er war so ein hervorragender Tänzer. Er hatte sie bei den wilden amerikanischen Rhythmen sogar manchmal ganz gekonnt durch die Luft gewirbelt.

„Warum sind Sie Engelmacherin geworden?" Lore erschrak selbst, als diese Frage über ihre

Lippen schlüpfte. Die Alte trank ihre Kaffeetasse leer, erhob sich auffallend geschmeidig und ergriff ihre große Tasche. Die junge Frau musste nun zwangsläufig zu ihr aufsehen.

„Engelmacherin! Weißt du Kindchen, das höre ich nicht gern. Ich bin ausgebildete Hebamme und zusätzlich Heilerin. Dass ich in letzter Zeit so viele ungewollte Kinder vorzeitig ins Jenseits befördere, liegt an dieser grausamen Welt, die wir nun einmal haben. Mich jammert das Elend von euch hilflosen jungen Frauen, deshalb tue ich diesen gottlosen Dienst."

Sie wandte sich nachdenklich zum Gehen. In der Tür sah sie sich noch einmal um und sagte sehr ernst: „Wenn du Probleme bekommen solltest, wende dich sofort an einen Arzt. Aber erzähle um Himmels Willen kein Sterbenswort von mir und meiner Arbeit!

Übrigens – *Engelmacher* seid vor allem Ihr selbst, die Ihr die ungewollten Kleinen in eurer grenzenlosen Naivität erzeugt, obwohl sie nicht willkommen sind."

Bald darauf hörte Lore erleichtert, wie die Haustür sanft ins Schloss gedrückt wurde. Ihr war noch immer sehr schummrig, und ein warmes Rinnsal Blut bahnte sich den Weg an ihrem Oberschenkel entlang. Vorsichtig rückte sie die dicke Binde in ihrem Schlüpfer zurecht. Dann wankte sie ins Schlafzimmer und war kaum unter die Decke gekrochen, als sie auch schon schlief.

-Schnitt

Die Flankenfrau

1.

Vanessa erwachte von einem undefinierbaren Geräusch. Sie wurde direkt aus einer Tiefschlaf-Phase gerissen und war dementsprechend verwirrt. Eine seltsame Beklemmung bemächtigte sich ihrer, noch bevor sie irgendeinen klaren Gedanken zu fassen in der Lage war. Das Herz klopfte aufgebracht und ängstlich zugleich, wie ein kleiner Vogel, der sich durch das geöffnete Fenster ins Zimmer verirrt hatte. Was musste sie so rücksichtslos aus den erholsamen Träumen reißen?

Ihr Schlafzimmer lag zum großen Garten des villenartigen Hauses. Sie schloss niemals die Rollläden, weil es auf dem sorgfältig eingezäunten weitläufigen Grundstück keine ungebetenen Beobachter geben konnte. So drangen auch jetzt das Licht des schmalen Halbmondes und das friedliche Glitzern der Sterne ungehindert in den kleinen Raum.

Sie liebte dieses Zimmer, das eigentlich als Hauswirtschaftsraum gedacht war. Es standen auch einige Utensilien darin herum, die zu dieser

Verwendung passten. Neben dem funktionalen wandfüllenden Wäscheschrank lehnte ein bunt bezogenes Bügelbrett. In einer Ecke stand ein großer Korb mit frisch gewaschener Bügelwäsche, die penetrant ihrer Weiterbearbeitung harrte.

An einer Hakenleiste hingen Staubwedel und Putzbesen der verschiedensten Sorten, sodass die Hausarbeit richtig Spaß machen konnte. Auch der leistungsstarke Staubsauger stand hier. Nur das bequeme Bett, ein bescheidenes Bücherregal und ein kombinierter Schreib- und Frisiertisch mit kleinem Spiegel waren Vanessas ureigenste Requisiten.

Die Wände schmückten einige alte Kinderzeichnungen in einfachen Glasrahmen. Es waren ehemalige Geburtstagsgeschenke ihrer beiden jüngsten Söhne. Ein riesenhafter grasgrüner Dinosaurier mit furchterregend spitzen Zähnen stieg ungelenk über eine Baumgruppe. Die Bäume hatten gedrungene braune Stämme und nur spärliche Blätter, so dass der Eindruck entstand, als habe das Urtier hier sein Geschäft gemacht.

Daneben erfrischten sich drei staksige rote Blumen und eine dicke grüne Knospe in einer überdimensionalen braunen Vase unter einer Gießkannen-Dusche. Ein weiteres Bild zeigte einen riesenhaften blauen Postboten mit charaktervoller Hakennase, der sich redlich bemühte, seinen viel zu großen Brief in den Postkasten eines um mehrere Nummern zu klein geratenen Häuschens zu stecken.

Wieder hörte Vanessa das Geräusch. Jetzt saß sie hellwach aufrecht in ihrem Bett. Es kam ganz unmissverständlich ein leichtes Poltern aus dem Zimmer über ihr. Sie knipste verwirrt die kleine Leselampe an und sah auf die Uhr: 2 Uhr 15. Es war eindeutig nachtschlafende Zeit. Sie hatte sich nicht geirrt!

Oben schlief Peter, ihr Mann. Das heißt, eigentlich sollte er in dem Raum über ihr schlafen, aber er schien es ausnahmsweise vorzuziehen, während der Nacht herumzupoltern. Sie stieg aus dem Bett und schlüpfte ziemlich sauer in ihren verschlissenen Bademantel. Wütend zerrte sie daran herum, weil er schon wieder ein Stück enger zu sein schien. Erst hatte ihr jede der vier Schwangerschaften einige Pfunde mehr beschert, und nun kamen auch noch diese verfluchten Wechseljahre — der Tod jeder attraktiven Figur!

In ihren warmen altmodischen Pantoffeln schlurfte sie zur Treppe. Dabei schimpfte sie leise vor sich hin. Nun lag endlich die lange Zeit der Kindererziehung mit den unzähligen nächtlichen Krankenwachen und späteren Sorgen um die jugendlichen Nachtschwärmer hinter ihr, da raubte der eigene Ehemann ihr die wohlverdiente Ruhe!

Auf der Treppe vernahm sie jedoch keinen Mucks mehr. Das große Haus atmete grenzenlose Verlassenheit. Sie kam an einigen der verwaisten Kinderzimmer vorbei. Die Jungs sahen diese Räume noch immer als ihr persönliches Eigentum an. Vanessa durfte deshalb dort nichts anrühren oder gar verändern. Darauf reagierten sie alle sehr allergisch. Nur zum gründlichen Saubermachen ging sie regelmäßig hinein. Und wenn sie ehrlich sein sollte, saß sie zuweilen ganz still in dem ein oder anderen dieser sehr unterschiedlich eingerichteten Zimmer, um heimlich und in tiefen Gedanken versunken ganz nahe bei dem jeweiligen Sohn zu sein. Manchmal weinte sie dann ein bisschen, weil sie ihren Lausbuben gern nochmals über das vom wilden Toben verschwitzte Haar gestrichen hätte. Aber sie achtete peinlichst darauf, dass ihre Tränen nirgendwo hässliche Spuren hinterließen.

Traurig war sie nur ganz innen, dort wo sie immer allein blieb, dort wohin kein anderer Mensch jemals einen Blick geworfen hatte — jedenfalls, solange sie sich zurück erinnern konnte.

Sie öffnete die Tür zu Friedrichs Raum. Der Lichtschein des Flurs fiel leicht hinein und zeigte ihr, dass hier alles seine Ordnung hatte. Die dämonenhaften Fantasy-Poster starrten sie von den Wänden grausig an. Dabei war Fritzchen so ein lieber kleiner Junge gewesen. Er wirkte stets zarter als die anderen und liebte es, wenn seine Mutter ihm abends im Bett Geschichten vorlas. Oft hatte sie mit ihm Tränen der Rührung und des Lachens vergossen, bei den Büchern von Astrid Lindgren. Weltbekannte Romanfiguren wie die verrückte Pippi Langstrumpf, der kleine dicke Karlson vom Dach, der raffinierte Kalle Blomquist und der pfiffige Michel spukten durch ihre Gedanken. Aber das waren Relikte aus längst vergangenen Tagen, als ihr das fröhliche Lachen der Söhne so manche Grille aus dem Kopf vertrieben hatte.

2.

Jetzt hatte sie die Tür des ehelichen Schlafzimmers erreicht, dass ihr Mann seit einigen Jahren für sich allein beanspruchte. Sofern er die Nächte überhaupt zu Hause verbrachte. Sie lauschte still. Ihre Wut war verraucht und einer gewissen Verunsicherung gewichen.

Vielleicht hatte sie doch nur geträumt?

Oder litt sie tatsächlich an Halluzinationen und Verfolgungswahn, wie Peter häufig behauptete, wenn er ärgerlich war?

Langsam drückte sie die Türklinke hinunter. Sie war mit dieser sehr vorsichtigen Bewegung bestens vertraut. Wie oft hatte sie wohl auf die gleiche Weise in den vergangenen achtundzwanzig Jahren leise und ängstlich nach ihren schlafenden Kindern gesehen?

Es blieb auch still, nachdem sie die Tür geöffnet hatte. Gerade als sie sich kopfschüttelnd an ihrem Verstand zweifelnd wieder zum Gehen wenden wollte, glaubte sie ein leises Aufstöhnen zu vernehmen. Beunruhigt betrat sie das Zimmer.

Der Raum war im Grunde kein reines Schlafzimmer. Unter dem großen Fenster stand seit langem ein ausladender Schreibtisch. Hier arbeitete ihr Mann manchmal abends oder tagsüber, wenn es sich um sehr geheime Vorgänge handelte. Die wichtigen Unterlagen bewahrte er in einem eingebauten Safe auf, dessen Kombination nicht einmal sie kannte.

Ja, er war bis ganz nach oben gelangt mit seinen Geheimnissen. Und sie hatte ihn immer nach Kräften dabei unterstützt, auch wenn sie oft nicht wusste, wohin der Weg führen sollte.

Die Schreibtischlampe brannte.

Er hatte anscheinend bis spät in die Nacht hinein gearbeitet.

Es wunderte sie nicht.

Am Nachmittag war er völlig überraschend aus Berlin zurückgekommen. Sie hatte ihm seine schlechte Laune gleich angemerkt. Schon die Art wie er den Wagen in die Garage fuhr, ließ Rückschlüsse auf seine innere Anspannung zu. Dass er sie nicht besonders zur Kenntnis nahm oder gar herzlich begrüßte, war da schon eher normal zu nennen.

Aber er trug ein riesiges Aktenpaket so ungeschickt unter den Arm geklemmt, dass es ihm in der repräsentativen Eingangshalle auf die Fliesen fiel und sie ihm beim Aufsammeln und Hinauftragen behilflich sein musste. Es schienen sehr wichtige Papiere zu sein, denn er schloss sie, noch bevor er sich zum Tee umzog, in den Safe.

Nun stand die Tresor-Tür sperrangelweit offen. Das war äußerst ungewöhnlich.

Peter legte sich doch nicht schlafen, ohne seine Geheimnisse gut wegzuschließen?

Schon, dass die Lampe brannte, hätte ihr bei diesem fürchterlichen Knauser von Ehemann zu denken geben sollen.

Und dann diese Geräusche?

Im Augenblick herrschte eine nahezu unheimliche Stille im Raum. Ja, nun fiel ihr auch das auf.

Für gewöhnlich klang sein lautes Schnarchen und Grunzen nachts bis ins Treppenhaus. Er lag heute verdächtig ruhig auf seinem Bett. Vielleicht schlief er gar nicht, sondern wollte nur testen, ob er ihr vertrauen konnte? Sicher erwartete er, dass sie heimlich in seinen Sachen kramte, wenn sich die günstige Gelegenheit ergab.

Im nächsten Monat würden sie ihren dreißigsten Hochzeitstag feiern, aber er vertraute ihr heute noch nicht. Was wusste er schon von ihrer grenzenlosen Loyalität und Opferbereitschaft? Männer verstanden Frauen einfach nicht, da war sich Vanessa ganz sicher.

"Peter", rief sie leise. "Peter, bist du noch wach?"

Keine Antwort.

Oh, er schien wieder einmal besonders hartnäckig zu sein. Na, wenn er Spielchen wollte, dann konnte sie auch mitspielen.

"Ja, da du schon schläfst, werde ich mal den Safe zumachen und das Licht ausknipsen."

Er regte sich nicht.

Langsam, denn sie empfand es als eine wirkliche Dreistigkeit, ging sie zum Tresor, warf einen kurzen mechanischen Blick hinein und wollte die Tür gerade schließen, als ein leises Stöhnen vom Bett herüberdrang.

Also doch!

"Fehlt dir etwas, Peter?", fragte sie scheinheilig, immer noch gewiss, dass es sich hierbei um ein verrücktes Spiel seiner Launen handeln müsse.

Als abermals keine Antwort kam, wurde sie etwas unruhig und trat neben das Bett. Ein leeres

Glas lag auf dem Fußboden, so als sei es durch eine Unachtsamkeit vom Nachttisch gestoßen worden. Ein kleiner Rest der Flüssigkeit hatte sich auf den empfindlichen Veloursteppich ergossen. Die Hausfrau in ihr hoffte, dass es nur Wasser war, was den hässlich grinsenden Fleck hinterlassen hatte. Sie bückte sich und stellte das Glas sorgsam an seinen Platz zurück. Auf dem Nachttisch lagen einige verschiedene Tablettenpackungen unordentlich durcheinander.

Vorsichtig legte Vanessa eine Hand auf die Stirn ihres Mannes, so wie sie es früher immer bei den Kindern gemacht hatte, um die Körpertemperatur zu messen. Er fieberte nicht. Der Kopf fühlte sich hingegen sehr kühl an.

Jetzt müsste Peter doch endlich einsehen, dass sie lediglich besorgt um ihn war, und keineswegs in seinen Sachen herumschnüffeln wollte!

"Peter, nun sag endlich, was los ist. Es ist mitten in der Nacht, und ich bin schrecklich müde", versuchte sie einen letzten ungeduldigen Vorstoß. Es ging ein seltsames Zucken durch seinen Körper. Sein rechter Arm sackte wie leblos über die Bettkante herab.

"Peter, du machst mir Angst!", schrie sie auf und schreckte vom Bett zurück.

Das konnte doch nun wirklich kein Spiel mehr sein!

Vielleicht war es wieder das Herz!

Das spielte ihm in der letzten Zeit öfter mal einen Streich. Sein Leben war eben der pure Stress. Wo steckte denn nur dieses verflixte Nitro-Spray?

Sie kramte hektisch in den Schreibtischschubladen. Endlich fand sie das kleine Fläschchen für Notfälle. Ihr gehetzter Blick fiel flüchtig auf einen handgeschriebenen Brief, der offen auf dem Schreibtisch lag.

An wen mochte er um Himmels willen einen Brief mit der Hand geschrieben haben? Das war bei Peter doch nahezu undenkbar. Sie hatte schon manches Mal gedacht, dass er im Grunde mehr mit seinem Computer, dem Laptop und dem Internet verheiratet war, als mit ihr. Deshalb lief selbstverständlich schon seit Jahren all seine Korrespondenz perfekt gedruckt über Fax oder E-Mail.

Vanessa presste ihrem Mann das Mundstück zwischen die Lippen und betätigte kräftig das Druckventil. Der feine Sprühnebel drang mit leichtem Zischen in die Mundhöhle.

Keine Reaktion!

Sie schüttelte Peter heftig, während die Nummer des Notrufes plötzlich blitzschnell in alle Richtungen durch die Windungen ihres Gehirns schoss.

110 ... 110 ... 110 ... 110 ... 110!

Und dann wetteiferten die längst verlorenen Kinderstimmen ihrer beiden Jüngsten als groteske Halluzination im Kanon:

"Zwei Hühnerbeinchen und ein Ei, so rufen wir die Polizei!"

Doch sie stand nur steif da und konnte weder Beine noch Arme bewegen.

3.

Als das Leben langsam in ihre abgestorbenen Glieder zurückströmte, war der Gedanke an Polizei oder den Notarzt seltsamerweise wie weggewischt. Stattdessen zog sie nun der Brief auf dem Schreibtisch mit nahezu magischer Kraft an.

Sie ließ sich schwer in den gepolsterten Lederarmstuhl fallen und ergriff das Schriftstück. Erstaunt las sie die ersten Worte wieder und wieder. Es war ein Brief an sie, dort stand sehr deutlich ihr Name.

Während ihrer gesamten Ehe hatte er sie nie Vanessa genannt. Sie war immer nur die "Beutelratte". Den Spitznamen verdankte sie einer grauen Teddy-Jacke mit passendem Muff, die sie trug, als Peter ihr zum ersten Mal begegnete.

Anfangs fand sie den Namen originell und witzig, aber später war daraus dann der Einfachheit halber "Beutel" geworden. Und es hatte sie oft genervt, wenn er und sogar die Kinder sie so ansprachen. Hin und wieder ergaben sich höchst peinliche Situationen, als Fremde dabei zugegen waren.

"An Vanessa", stand über den säuberlich geschriebenen Zeilen.

Und Vanessa, das war sie!

Er hatte doch wohl nicht auf seine alten Tage versucht, ihr einen Liebesbrief zu schreiben?

Nein, das war ausgeschlossen. Das konnte er schon als junger Mann nicht, als er offenbar noch irgendwelche Gefühle für sie hegte.

Also musste es ein Abschiedsbrief sein!

Sie wurde plötzlich ganz ruhig. Schon zu lange hatte sie diesen Moment erwartet und ihn in vielen verschiedenen Variationen gedanklich durchgespielt.

Wie lange betrog er sie jetzt schon, wenn man das so nennen sollte?

Es waren viele Jahre, und sie wollte jetzt nicht darüber nachdenken.

Aber die Bilder aus ihrer traurigen Erinnerung ließen sich nicht so einfach abstellen wie ein unappetitlicher Fernsehfilm. Sie schlugen mit dreisten Fratzen unverschämte Purzelbäume in ihrem armen Kopf.

Peter war homosexuell veranlagt. Sie wusste es seit langem. Und seit er wusste, dass sie es wusste, hatte er sich emotional noch mehr von ihr entfernt. Sie lebten nach außen wie ein ganz normales Ehepaar, aber in ihren vier Wänden gingen sie miteinander um, wie Geschäftspartner. Partner, die durch ein bedeutendes Unternehmen, dass die Kräfte eines Einzelnen überstieg, auf Gedeih oder Verderb zusammengeschweißt waren.

Dieses Unternehmen war Peters politische Karriere und damit eng verknüpft die große vorbildliche Familie, die jederzeit vorzeigbar und moralisch vollkommen zu sein hatte.

Wenn Du diese Zeilen liest, habe ich Dich und die Kinder für immer verlassen. Ihr werdet mich sicher nicht sehr vermissen. Ich kenne Euch. Solange das Geld stimmt, werden sich die Tränen um mich in Grenzen halten.

Wenn die Leute von der Partei kommen, um in meinen Papieren zu kramen und versuchen, aus allen Ecken Schmutz zu ziehen, werdet Ihr das nicht verhindern können. Ich bin heilfroh, dass ich nicht miterleben muss, wie mein Werk besudelt und meine langjährige Arbeit in den Dreck gezogen wird, gerade von denen, die immer durch mich profitierten und fleißig die Hände aufhielten.

Verkaufe das Haus. Es wird einen großen Batzen einbringen. Damit kannst Du andernorts ein neues Leben anfangen. Dort, wo niemand meinen Namen kennt und mit dem Finger auf Dich zeigt. Die Jungs werden ihren Weg nun ohne Vaters Protektion gehen müssen. Mir hat schließlich auch niemand geholfen!

Peter

Mit offenem Mund starrte sie die in säuberlicher Handschrift aneinander gereihten Sätze an. Wort für Wort las sie immer wieder. Erst bewegten sich ihre Lippen stumm, dann wurde sie lauter und lauter.

Sie mochte nicht glauben, was dort so akkurat geschrieben stand. Ihr schwirrte der Kopf voll von sinnlosen Buchstaben. Sie stieß einen schrillen Schrei aus. Nackte Angst fuhr mit stählernem Würgegriff in ihre Magengegend. Sie rang nach

Luft. Sie öffnete halb erstickt in tiefster Verwirrung das Fenster.

Noch immer war da dieses barmherzige sanfte Glitzern der Nacht, das friedliche Rauschen der alten Bäume im lauen Spätsommerwind. Nur die reifen Blätter wisperten und säuselten eine leise Ahnung von Endlichkeit.

Der Brief entglitt ihrer kraftlos herabsinkenden Hand. Sie wandte sich mit langsamen Bewegungen ihrem sterbenden Gatten zu. Unsicheren Schrittes näherte sie sich dem Bett. Ängstlich warf sie schließlich einen prüfenden Blick auf den völlig bewegungslos ruhenden Körper.

Er hat sich einen neuen Schlafanzug übergezogen, dachte sie spontan. Wahrscheinlich will er einigermaßen korrekt gekleidet sein, wenn man seine Leiche findet.

Äußerlichkeiten waren ihm stets so wichtig!

Es hätte auch zu ihm gepasst, in seinem besten Anzug aus dem Leben zu scheiden.

"Eine schöne Leiche", wie man so sagt.

Aber wahrscheinlich verbot ihm das die anerzogene Sparsamkeit.

Er dachte gewiss, dass einer der Buben seine guten Sachen noch nachtragen könnte, vielleicht der Wilhelm, das war der älteste. Irgendwie war er immer Vaters Liebling gewesen. Und politisch hatte er es schon weit gebracht. Ja, die feinen Anzüge würden bei dem Großen noch gut zu Ehren kommen, stellte sich Vanessa vor.

Dann wurde sie brutal aus diesen profanen Gedanken gerissen. Schaum trat aus Peters Mund und floss über das Kinn seitlich aufs Kopfkissen. Reflexartig zog sie ein Taschentuch aus ihrem Morgenmantel und wischte alles sauber.

Was sollte sie tun?

Musste sie nicht doch den Notarzt verständigen?

Konnte sie den Mann, mit dem sie fast ihr ganzes Leben verbracht hatte, so elendig verrecken lassen?

Sie schlug verzweifelt die Hände vors Gesicht und schluchzte ohne Tränen.

Warum nur war sie aufgewacht?

Hätte es nicht genügend Kummer für sie bedeutet, ihn am Morgen tot in seinem Bett zu finden? Musste er ihr nun noch die Verantwortung für seinen letzten einsamen Entschluss übertragen?

Sie beugte sich über ihn, presste das Ohr an seine Brust um zu prüfen, ob das Herz noch schlug. Sie war keine Krankenschwester. Aber sie glaubte, noch ein letztes Flimmern von Leben im Körper ihres Mannes zu spüren.

"Nun sag doch was! Da liegst du stumm wie ein saurer Hering. Warum hast du nie mit mir geredet, wenn es um wirklich wichtige Dinge ging?

Warum immer diese einsamen Entscheidungen?

Ich finde das alles feige und deiner nicht würdig. Wir — die Kinder und ich — müssen nun deine Dummheiten ausbaden. Irgendwie habe ich immer gewusst, dass die ganze Sache mal ein böses Ende nimmt."

Sie stand die Hände leicht erhoben und zu Fäusten geballt vor dem Bett und schimpfte unbeherrscht. Dann begann sie hektisch auf und ab zu laufen, wobei sie sich abwechselnd das ungekämmte Haar raufte und die schwitzenden Handflächen am Morgenmantel abrieb. Sie murmelte unverständliches Zeug vor sich hin. So als habe sie zuviel getrunken.

4.

Plötzlich waren sie präsent die längst vergessen geglaubten Situationen, in denen er ähnlich eigenmächtig über ihr Leben entschieden hatte. Diese wohlbekannte hilflose Wut der vollkommen abhängigen Ehefrau und Mutter ohne eigenes Einkommen stieg in ihr hoch.

Warum nur ließ sie sich dazu hinreißen, ihre Berufsausbildung abzubrechen und ein Baby nach dem anderen zu bekommen?

Ihre Mutter hatte ihr immer versucht klarzumachen, dass zwei Kinder für eine Frau genug wären und dass ein Beruf für das Selbstwertgefühl unverzichtbar sei.

Wie selbstbewusst hatte sie der lebenserfahrenen Mama die junge dumme Stirn geboten und war blind in ihr Unglück gerannt!

Unglück? War es wirklich Unglück?

Sie hatte in den Augen der anderen ein Glückslos gezogen. Ihr Mann gehörte zu den einflussreichsten Politikern im Land. Sie war die bescheidene Frau an seiner Seite, unscheinbar zwar aber unverzichtbar, weil Deckmantel für seine homosexuellen Ausschreitungen und die Mutter seiner fünf wohlgeratenen Söhne.

Ihre Jungen waren wirklich ein großes Glück. Einer wie der andere. Sie liebte sie abgöttisch. Der materielle Wohlstand interessierte sie weniger. Als armer Leute Kind, genau wie ihr Peter, hatte sie keine großen Ansprüche.

Das Geld wurde ausschließlich von ihrem Mann verwaltet. Er setzte es zu seinem Machterhalt und nur zu Repräsentationszwecken ein. Diesem Streben verdankten sie das große Haus auf dem parkähnlichen Grundstück in bester Wohnlage, sowie den teuren Mercedes und manches wertvolle Kleidungsstück im Schrank.

An allem, was vor den Augen der Gesellschaft verborgen ablief, wurde jedoch knauserig gespart.

Sie putzte das ganze Haus immer noch selbst, kochte sparsam und einfach. Aber auf exzellente Tischmanieren legte der Gatte großen Wert. Sie stopfte Strümpfe und flickte die Wäsche, während er in Bonn und später in Berlin den großen Mann spielte. Zu offiziellen Auftritten musste sie ihn ab und zu begleiten, deshalb wusste sie, wie sich sein Leben von ihrem unterschied.

Jedesmal schickte er sie vorher zum Frisör und zur Kosmetikerin. Er sprach mit ihr die Garderobe ab und auch, was sie im Einzelnen sagen oder nicht sagen durfte, falls sie überhaupt etwas gefragt wurde.

Peter hatte Geschmack, und er redete wie geölt, ohne Gedankenpause. Da blieb ihr gewöhnlich nicht viel Raum sich an Gesprächen anders als durch bestätigendes Nicken und vielsagendes Lächeln zu beteiligen. Sie hatte einfach nur da zu sein — solide, geschmackvoll, wohlerzogen — eben: repräsentativ.

Das hektische Herumlaufen verfehlte nicht seine Wirkung, es machte sie allmählich ruhiger. Eine wohltuende körperliche Mattigkeit löste die nervliche Verwirrung ab. Ihr Kopf schien leergefegt von den trüben Erinnerungen, die noch eben wie Herbstlaub im Wind durcheinander wirbelten. Ihre Glieder waren seltsam taub. Alle Gefühle schienen von ihr gewichen zu sein.

War sie es vielleicht, die starb?

War dies überhaupt Realität oder träumte sie nur?

Es hätte ohne weiteres einer dieser Albträume sein können, von denen sie gelegentlich heimgesucht wurde.

"Alles Wechseljahrsbeschwerden", hatte ihr Hausarzt verständnisvoll lächelnd gesagt. "Da müssen Sie durch!"

Die verstörte Frau ließ sich erschöpft auf die unbenutzte Hälfte des Ehebettes sinken. Das Bettgestell gab einen weinerlichen Quietsch-Ton von sich. Erschreckt huschte ihr Blick zu dem sterbenden Mann auf der anderen Bettseite, so als befürchte sie, ihn in seiner Ruhe zu stören.

Regungslos lag der ausgestreckte Körper dort. Sein Gesicht schien sich etwas verzogen zu haben. Fast wirkte es wie eine grinsende Maske.

"Ach, Peter! Ach, Peter!", seufzte Vanessa und rang ihre eiskalten Hände. "Wenn ich nur wüsste, was ich tun soll!" Tränen kullerten über ihre verhärmten Wangen. Sie wirkte älter, als sie eigentlich war, obwohl dicke Frauen meistens weniger Falten haben.

Ihr Haar war schon vollkommen ergraut und begann sehr licht zu werden. Der schwere Busen, unter dem halboffenen Morgenmantel und dem geblümten Flanell-Nachthemd in seinen Konturen zu erahnen, hatte sich im Laufe der Jahre stark in Richtung Bauch gesenkt. Die prallen Waden waren von dicken blauen Adern gemustert. Sie wirkten wie verirrte Wasserläufe in der Wüste. Die abgearbeiteten faltigen Hände ruhten jetzt in ihrem ehemals so gebärfreudigen Schoß.

Nach der letzten Entbindung, sie brachte damals die Zwillinge Konrad und Otto zur Welt, hatte ihr der Arzt zur Sterilisation geraten. Eine weitere Schwangerschaft hätte ihre stark gesenkte Gebärmutter wahrscheinlich nicht mehr ausgehalten. Sie litt auch so schon an Unterleibsbeschwerden und Harninkontinenz.

Glücklicherweise lebte ihre fürsorgliche Mutter nicht mehr. Dadurch blieb ihr wenigstens das ewige "Hab ich es dir nicht vorher gesagt? Warum hast du nicht auf mich gehört?", inzwischen erspart.

5.

Müde und deprimiert ließ sie sich in die Kissen sinken und bettete die schweren Beine hoch.

Wie lange hatte sie eigentlich nicht mehr neben ihrem Mann im Ehebett gelegen?

Es mochten mit kleinen Unterbrechungen an die fünfzehn Jahre sein. Sie konnte sich noch ziemlich genau an den Tag ihres ersten Auszuges aus dem ehelichen Schlafzimmer erinnern.

Es war mitten im Frühling ...

Die Bäume blühen in praller Üppigkeit. Die Sonne strahlt unverschämt hell aus einem azurfarbigen Himmelsgesicht. Die Welt riecht nach wachsender Hoffnung.

Sie fährt wie jeden Mittwochnachmittag mit den beiden Zwillingen zum Kinderturnen. Peter ist ausnahmsweise zu Hause und will in Ruhe arbeiten. Sie wohnen noch in einem Reihenhaus am anderen Ende der Stadt. Es liegt ziemlich beschaulich in einem Neubaugebiet. Dort gibt es viele junge Familien. Sie kennt einige von den Frauen näher und hat sogar eine Freundin gefunden.

Da Peter immer in Sachen Karriere unterwegs ist, kann sie sich die Zeit meistens frei einteilen, sofern ihr die Buben Gelegenheit dazu lassen. Wilhelm, Karl und Friedrich besuchen eine Gesamtschule mit Nachmittags-Unterricht und sind nur selten vor dem Abendbrot daheim. Das Haushaltsgeld ist zwar immer knapp, aber für eine gemütliche Teerunde mit einigen anderen Müttern reicht es gewöhnlich noch.

Auch die beiden Jüngsten kommen dabei jedes mal voll auf ihre Kosten, wenn das Haus von lärmenden Spielgefährten nur so überquillt. Gut, dass Peter nur sporadisch zu Hause ist! Er ist bei ihren Nachbarinnen nicht sehr beliebt, was durchaus auf Gegenseitigkeit beruht.

Das ganze Haus erscheint in Peters Gegenwart irgendwie ernster und trauriger, es atmet dann sozusagen die pure Pflichterfüllung. Deshalb ist sie froh, zum Kinderturnen entwischen zu können. Leider fällt die fröhliche Spiel- und Sportrunde aber an diesem denkwürdigen Tag aus, weil die Trainerin einen Autounfall hat.

Vanessa überlegt einen Moment, ob sie den Nachmittag nutzen und mit ihrer Freundin Monika einen Kaffee trinken soll. Die ist mit einem

Fernfahrer verheiratet und deshalb auch meistens allein.

Monika ist blond mollig und sehr freizügig. Alles was Vanessa noch nicht über Sex und Partnerschaft wusste, hat ihr die Freundin ausführlich erklärt. Sie führt mit ihrem Mann eine sehr intensive Wochenendehe, von der sie sich an den restlichen Tagen ausgiebig erholt. Meistens ruft der Göttergatte sie zwei Stunden vor seiner Rückkehr an, damit sie duschen und sich hübsch zurechtmachen kann, um ihn gleich gebührend zu empfangen. Dann verbringen die beiden fast das gesamt Wochenende im Bett.

Vanessa ist über alle Einzelheiten des Liebeslebens ihrer Freundin bestens informiert. Oft hat sie sich schon gefragt, warum in ihrer eigenen Ehe alles so eintönig und fantasielos zugehe. Für Peter scheint Sex nur eine reine Zeugungsfunktion zu haben.

Aus dem Kaffeeklatsch mit Monika wird an dem Nachmittag nichts, weil Ihre quengelnden Kinder sie nach Hause drängen. Der Tag ist so herrlich, dass sie sich nach nichts weiter sehnen, als im Garten zu spielen. Gegen ihre beiden goldigen Zwillingsbuben ist sie einfach machtlos. Darum beschließt sie, sich zu ihnen auf die Terrasse zu setzen und Wäsche zu flicken.

Es gibt gewiss Schlimmeres!

Als sie nach Hause kommen, laufen die beiden kleinen Racker wie die Wilden gleich zur Schaukel. Sie räumt die Turnbeutel ordentlich weg und wirft schnell einen Blick ins Arbeitszimmer ihres Mannes.

Vielleicht hat er Lust auf einen Tee?

Aber er ist nicht allein.

Rings über den Fußboden verstreut liegen verschiedene Kleidungsstücke. Mitten auf dem Schreibtisch hockt ein leicht verstört wirkender junger Mann, den sie nie vorher gesehen hat. Er ist vollkommen nackt und mit seinem wunderschönen Alabaster-Körper zu einer Skulptur erstarrt. Schamvoll gleiten nur seine Hände über das erigierte Glied.

Sie begreift nicht gleich.

Da brüllt Peter sie mit hochrotem Kopf an: "Kannst du nicht anklopfen, du Trampel? Raus jetzt! Lass uns gefälligst allein! Und mach um Himmels willen die Tür zu!"

Tränen traten ihr in die Augen. Es erschien ihr plötzlich alles so nah, so präsent. Fast hörte sie das verlegene Hüsteln des hübschen jungen Mannes wieder, als er, nachdem sie gehorsam die Tür geschlossen hatte, schnell in seine Kleider geschlüpft und verlegen davon geeilt war.

In kleinen nicht versiegenden Bächen rann das Wasser aus ihren Augenwinkeln über die Schläfen direkt in ihre Ohren.

Sie weinte nicht aus Trauer, nicht aus Scham, sie weinte aus tiefem Selbstmitleid.

Sich völlig aufzulösen, ganz in Tränen zu zerfließen, danach stand ihr der Sinn. Das wäre der richtige Abgang für ein verpfuschtes Dasein, wie das ihrige. Sich verflüssigen und dann sachte im Boden versickern, ganz ohne eine Spur zu hinterlassen, dachte sie deprimiert.

Alles hatte sie getan, nur für Peters politische Karriere. Bei den nächsten Wahlen in zwei Jahren hatte er sich große Chancen für das Präsidentenamt ausgerechnet. Dann wäre sie vielleicht seine First-Lady geworden!

Welch ein Gedanke.

Welch eine vermessene Vorstellung!

Die Tränenflüssigkeit löste höchst unangenehme Empfindungen in ihren Gehörgängen aus. Feuchte Kälte schien die Welt der Laute erst zu dämpfen, um sie dann völlig zu ertränken. Nach und nach bahnten sich die kleinen Rinnsale aus den Ohrmuscheln, im ununterbrochenen Fluss, den Weg an beiden Seiten ihres Halses entlang zum Nacken. Die Haut begann empört zu jucken.

Vanessa fühlte sich auf ihre Körperlichkeit zurückgeworfen.

Da war sie noch mit all ihren Stärken und Schwächen und den tausend kleinen Schönheitsfehlern, die ihr Selbstwertgefühl gewaltig drückten.

Sie bohrte beide Zeigefinger in die Öffnungen ihrer Ohren und entfernte kurz entschlossen und sehr energisch die Reste ihres Selbstmitleids.

Im Schneidersitz hockte sie nun auf dem Bett, das verheulte Gesicht ihrem sterbenden Gatten zugewandt.

"Du bist mir ein schöner Präsident! Ein elender Schlappschwanz bist du!"

Nie hätte sie gewagt, so mit Peter zu reden, wenn er es hören könnte.

Ihr häuslicher Umgangston war meistens gesittet und überkorrekt. Das stand stets in einem grotesken Widerspruch zu ihrem unschönen Spitznamen. Aber in den letzten Jahren benutzte er den auch nur noch selten. Direkte Anreden kann man schließlich umgehen. Im geschickten sprachlichen Lavieren war er immer wahrhaft meisterlich.

Er zeigte selbstverständlich keine Regung, als sie ihn so unflätig beschimpfte. Ihr wurde plötzlich klar, dass hier und jetzt endlich die Gelegenheit gekommen war, ihm alles aber auch alles an den Kopf zu werfen, was sie ihm niemals vorher sagen konnte.

"Eigentlich hätte ich dich sowieso nicht zum Präsidenten gewählt! Du kannst zwar sehr geschliffen reden, aber das ist auch das Einzige, was du kannst. Sonst bist du im Grunde ein lausiger Versager!"

Oh, diese Dreistigkeit!

Irgendwie war es ihr nicht ganz wohl bei der anschließenden Schimpfkanonade, die sie lauthals auf ihn hinunter prasseln lies.

Man hatte doch schon davon gehört und gelesen, dass Menschen im Zeitpunkt ihres Todes den Körper verließen.

Vielleicht konnte er jetzt alles sehr genau sehen und hören, was sie tat?

Möglicherweise war er sogar in der Lage ihre Gedanken zu lesen?

Ob er ihr als böser Geist spuken würde?

Oder hatte ihm der Allmächtige zu seinem neuen ätherischen Outfit auch eine verständnisvollere Beurteilungsgabe zuteil werden lassen?

Sie hoffte es sehr.

Eine selbstkritische Betrachtung ihres Lebens sollte doch allen Sterbenden bevorstehen, jedenfalls glaubten die meisten Menschen daran.

"Du wirst es nicht ganz leicht haben, die Waage im Gleichgewicht zu halten, mein Lieber. Es ist nicht auszuschließen, dass du am Ende sogar in der Hölle landest.

Ja, ja nun ist es für eine Umkehr zu spät.

Einer deiner Kollegen hat doch mal so schön gesagt: 'Wer zu spät kommt, den bestraft das Leben'.

Aber ich sage dir jetzt: 'Wer sich zu spät bessert, den bestraft der Tod!'

Das hättest du mir wohl nicht zugetraut, mein lieber König Silberzunge, was?"

Sie lachte hämisch voll unverhohlener Schadenfreude.

Was hatte Peter nach ihrer Meinung überhaupt als Positives in die Waagschale zu werfen?

Privat war er ein rücksichtsloser Despot.

Sowohl mit seiner Familie als auch mit den zahlreichen Untergebenen sprang er immer sehr rüde um. Alles wurde seinem großen Ziel, seiner Vision von einem vollkommenen Staatsmann untergeordnet. Für echte Moral, Mitmenschlichkeit oder wirkliche Liebe war in seinem Leben kein Platz.

Ja, Sex gönnte er sich hier und da. Schließlich verlangte auch der Körper bei aller preußischen Pflichterfüllung und Strenge manchmal sein Recht. Aber er sah diese sexuellen Ausschweifungen durchaus als eine Gefahr für seine Karriere und als tiefe menschliche Schwäche an. Hinterher war er immer besonders hart zu sich selbst und seinen Mitmenschen.

"Nicht nur, dass ich deine seltsamen Vorlieben für schöne junge Männer ständig ertragen musste. Du hast anschließend auch noch deine schlechte Laune an mir und den Kindern ausgelassen. Ich weiß überhaupt nicht, warum ich das all die Jahre so geduldig mitgemacht habe!"

Sie schüttelte verständnislos den Kopf.

6.

Dann, als sie einen kleinen Augenblick ruhig da saß, war es ihr als würde ein Bild in sie hineingegeben. Es entstand stückweise und war ohne direkten Zusammenhang mit ihren vorherigen Gedanken. Antwortete sein Geist, oder was auch immer, auf ihre anklagenden Worte?

Alle Aggression schwand aus ihren Gefühlen. Es musste sich um eine sehr positive freundliche Macht handeln, die über sie gekommen war.

Vanessa sah sich und ihren Mann an einer festlich gedeckten Tafel ...

Kristallleuchter blinken in fürstlichem Glanz. Elegant gekleidete Herrschaften essen geräuschlos von kostbarem Geschirr. Unauffällig huschen fleißige adrette Serviererinnen zur aufmerksamen Bedienung hin und her. Im Hintergrund spielt leise und unaufdringlich klassische Musik.

Peter und sie sind die Ehrengäste des Abends.

Jetzt weiß sie, um welches Bild es sich handelt.

Ihre Erinnerung erwacht zu voller Lebendigkeit.

Anfangs hat sie vor diesem wichtigen Empfang gezittert wie eine Jungfrau vor der Hochzeitsnacht. Aber als sie das große Wohlwollen und die außerordentliche Begeisterung erlebt, mit denen sie von der Gesellschaft begrüßt werden, wird ihr Herz wohlig warm.

Niemals schenkt ihr jemand so viel freundliche Beachtung, wie immer dann, wenn sie an Peters Seite gesellschaftlichen Verpflichtungen nachkommt.

Und ihr Mann erst!

Er spielt perfekt den vollendeten Gentleman.
Er rückt ihr den Stuhl zurecht.
Er lächelt ihr freundlich zu.
Er nennt sie 'meine Liebe'.
Er hilft ihr in den kostbaren Mantel.
Überhaupt wirkt sie wie eine andere Frau, wenn sie geschmackvoll ausstaffiert und gestylt neben ihm auf dem Weg zu einem dieser zahlreichen Empfänge ist. Sie fühlt sich oft als Schauspielerin. Und hat verständlicherweise auch entsprechendes Lampenfieber.

Ihr Mann ist ein äußerst strenger Regisseur, der auch kleine Patzer böse ahndet. So musste sie einmal einen Deutschkurs an der Volkshochschule besuchen, weil sie sich im Gespräch mit der Frau eines Hochschulprofessors mit dem vierten Fall schwer tat.

Peter ist in dem Abriss ihrer Erinnerung gerade zu einer Tischrede aufgestanden. Alle Augen hängen gebannt an seinen Lippen. Vanessa versteht nicht, was er sagt. Es ist für sie eine Aneinanderreihung sinnloser Silben. Sie sieht nur die begeisterten Gesichter der Zuhörer, die er charmant und geistvoll wie immer in seinen Bann zieht.

Dann folgt ein tosender Beifall, den ihr Mann mit geschickt gespielter Bescheidenheit entgegennimmt. Sie errötet vor Stolz und Glück.

Hatte ihr Elend nicht auch Anteil an Peters vielen glänzenden Erfolgen gehabt?

War sie nicht mit ihm gefeiert und hofiert worden, als die Frau an seiner Seite, die angehende Landesmutter?

Aber diese Momente waren so flüchtig. Sie erhellten nur allzu selten ihren tristen Alltag in den Mauern des großen Hauses, das sie manchmal wie ein Gefängnis hasste. Sie verließ es nicht häufig, regelmäßig eigentlich nur zum Einkaufen. Und dann musste jeder, der sie sah, denken, dass es sich nur um die Haushälterin des beliebten Politikers handelte, so sehr unterschied sie sich von den bekannten Bildern aus den Medien.

Sicherlich konnte sie sich Fotos, Videoaufzeichnungen und zahllose Presseberichte über die erfolgreichen Auftritte ihres Mannes ansehen.

Sie konnte die wunderschönen Kleider und Perücken aus dem Schrank holen und sich erinnern, wie hübsch sie damit ausgesehen hatte. Aber es blieben wehmütige Erinnerungen. Es war doch nicht sie selbst gewesen, die diese rauschenden Feste gefeiert hatte.

Ihr innerstes Wesen war zu Hause geblieben bei ihren geliebten Kindern, in der kleinbürgerlichen Begrenztheit ihrer vier Wände. Im Grunde war das Zimmer, in dem sie schlief und bügelte, ihre echte Welt.

Ja, es gab darüber hinaus noch ein paar kleine unschuldige Träume aus längst vergangenen Tagen. Reste aus einem anderen Leben. Die hatten überhaupt nichts mit Peter, dem großen Haus, der überwältigenden Karriere und noch nicht einmal mit ihren Kindern zu tun. Aber sie musste lange kramen, um sie von den Verletzungen zu befreien, die das Leben ihr zugefügt hatte. Der Schorf ihrer seelischen Wunden schien meterdick auf den Jugendträumen zu kleben und drohte sie vollkommen zu ersticken.

Unten in der Halle stand ihr altes Klavier. Es war sauber geputzt, wie alles im Haus, aber hoffnungslos verstimmt. Das verleidete ihr, sich in mancher stillen Stunde in die Elfenbeintasten zu versenken und die triste Welt um sich her zu vergessen. Ihre Mutter würde in ihrem kühlen Grab rotieren, wenn sie wüsste, wie Vanessa ihre vielversprechende musikalische Begabung vernachlässigte. Es tat ihr selbst aber fast nicht mehr weh.

Sie akzeptierte, dass ihre Chance eine große Pianistin zu werden längst verspielt war. Ihr fehlte einfach die ständige Übung, die die Finger geschmeidig hielt, sowie Geist und Ohr in selbstverständlicher Harmonie zu der Musik schwingen ließ.

Einmal hatte sie den zaghaften Anlauf gewagt und Peter gebeten, einen Klavierstimmer zu bestellen.

"Ach, unser Beutel hat pianistische Ambitionen? Meinst du nicht, dass das in deinem Alter ein wenig lächerlich wirkt? Der Klavierstimmer kostet nicht zu knapp. Das lohnt sich wirklich nur, wenn bei deinem Geklimper auch ein paar Mark herausspringen. Willst du vielleicht Klavierunterricht geben? - Dieses ewige Quälen der Tonleiter muss ich mir in meinem Haus nicht anhören! Leg doch einfach eine schöne Platte auf. Das entspannt und ist ein wirklicher Ohrenschmaus."

Er sagte das vor den Kindern, die ihm breitgrinsend zustimmten, weil sie es nicht besser wussten.

Vanessa weinte erneut leise. Aber sie war innerlich ruhig. Es hätten beinahe Tränen der Erleichterung sein können. Ein kühler sanfter Hauch wehte ihr zart ins Gesicht. Er vermittelte ihr das Gefühl, als streichle sie ein duftig leichtes unsichtbares Gewebe. Kam er vom geöffneten Fenster?

Langsam glitt sie wieder in eine liegende Position. Wie von selbst senkten sich ihre Augenlider über die rotgeweinten schmerzenden Augäpfel. Sie leistete keinen Widerstand ...

7.

Feine liebliche Melodien dringen an ihr Ohr und ziehen sie unwiderstehlich in ihren Bann. Es sind süße Klanggebilde ihres Lieblingskomponisten Chaupin. Da spielt jemand mit der vollendeten Virtuosität eines wahren Meisters.

Als zarter Schmetterling fliegt sie durch das geöffnete Fenster in einen sonnendurchfluteten Raum. Es duftet frisch nach blühenden Bäumen.

Am strahlend weißen Flügel sitzt ein wunderhübsches junges Mädchen in einem hauchzarten bunten Sommerkleid. Ihre Wangen sind vor Konzentration und Hingabe leicht gerötet. Ihr Blick gleitet beflügelt und sicher über die komplizierten Notenreihen. Wohlgeformte schmale Alabasterhände streicheln gefühlvoll die Elfenbeintastatur.

Die Gestalt wirkt wie in Trance vor Begeisterung. Vanessa flattert um sie herum, ihre durchscheinenden Schwingen tanzen förmlich im weichen Rhythmus der Musik. Und plötzlich, teils unachtsam, teils angezogen von so viel Grazie und Harmonie, berührt sie die Stirn des jungen Mädchens.

Da wird ihr bewusst, dass sie selbst es ist, die dort spielt.

Zwar besaß sie niemals ein solch sündhaft teures Instrument und auch der duftige Hauch von Kleid ist ihr gänzlich unbekannt. Aber das verzückte Gesicht, umrahmt von dem vollen seidigen Haar, die ebenmäßigen Hände mit den gelenkigen schlanken Fingern, der zarte fast kindliche Mädchenkörper mit den ersten weichen Rundungen zur Frau — das ist sie! Ist es auch viele Jahre her, dass sie in diesem leichten Körper sorglos durch die schöne bunte Welt hüpfte — Vanessa erkennt ihn trotzdem wieder.

In der Flüchtigkeit eines unfassbaren Augenblicks verschmelzen Schmetterling und Pianistin zu einem Wesen, um für eine Weile gemeinsam in lustvollen Klängen zu schwelgen.

Ganz zart streift ein warmer Kuss ihren Nacken. Lächelnd hält sie inne im begeisterten Spiel und wendet den Kopf.

Da steht er, ihr Prinz.

Er ist jung, großgewachsen und hübsch. Sein Anzug wirkt sommerlich leger und doch tadellos. Eine Haarlocke kringelt sich knabenhaft über seine hohe Stirn. Samtaugen voller Herzenswärme blicken sie liebevoll an.

Sie nimmt den kleinen Veilchenstrauß entgegen und liegt im gleichen Moment an seiner Brust. Ungeahnte Zärtlichkeit hüllt Vanessa ein und raubt ihr fast den Atem.

Das ist ihr Peter und doch ist er es nicht!
Sie erkennt diese Gestalt.
Aber nie schauten seine Augen sie so an.
Nie berührten seine schön geformten Lippen sie so sanft.
Nie umschlangen seine starken Arme sie so zärtlich.
Nie brachten seine männlichen Hände ihre Haut zum Kribbeln.
Er kann es nicht sein, auch wenn es sein Körper ist!
Der schöne zärtliche Doppelgänger hebt sie mit Leichtigkeit vom Boden auf und trägt sie ohne die geringste Anstrengung in den blühenden Garten hinaus. Sie zappelt und lacht ausgelassen vor reiner Wonne.

Aus seinen gefühlvollen Augen spricht ein ungereimtes Gedicht von seiner unendlichen Liebe zu ihr. Sehr vorsichtig lässt er sie ins weiche Moos sinken und legt sich zu ihr. Sie hält jetzt ganz still.

Ihr ungestümes Jungmädchenlachen ist einer sanften freudigen Erwartung gewichen.

Sie weiß plötzlich: Das wird ihr berühmtes *erstes Mal*.

Und sie fürchtet sich nicht so sehr davor, wie damals in dem unromantischen feuchten Keller, in dem sie das alte Gerümpel von Generationen feixt und schamlos anzugrinsen schien. Sie weiß, es wird diesmal nicht schmerzen. Und es wird auch keinen schalen Geschmack von grenzenloser Übelkeit hinterlassen.

Der Prinz ihrer Träume küsst zart ihre Augenlider. Sie will ihn mit jeder Faser ihres jungen Herzens und mit jeder Pore ihrer weichen Haut. Niemals mehr aufwachen, schießt es ihr ängstlich durch den Sinn.

Vergehen Stunden? Sind es Sekunden?

Sie verliert sich in Zeit und Raum unter seinen wundervollen Liebkosungen. Aufgebauscht zur reinen Sinnenlust ist all ihr Fühlen. Dies erleben und für immer vergehen, damit niemals eine andere Empfindung diese unendliche Süße verdrängt!

Dann wogt die Ekstase heran, der wilde aufpeitschende und zutiefst befriedigende Höhepunkt. Durch die lustvolle Reizüberflutung schwinden ihr für einen Herzschlag lang die Sinne.

Unbemerkt und völlig schmerzlos trennt sich auf diesem Gipfel harmonischer Vereinigung der transparente Schmetterling von der Gestalt des jungen Mädchens. Einen Augenblick lang flattert er gebannt und noch völlig verwirrt über der entzückenden Szenerie, dann legt sich schwarze Nacht wie ein schützendes Satintuch über den Garten Eden.

Vanessa schlug erstaunt die Augen auf. Sie erblickte über sich die von unzähligen dunklen Ästen munter gemusterte Kiefernholz-Decke. Wenn sie sich darauf konzentrierte, konnte sie zahlreiche Bilder wahrnehmen. Dort gab es Madonnen mit kleinen Kindern in den Armen, schwatzende Marktfrauen, Zwerge mit Zipfelmützen, trabende Pferde, traurig blickende Kuhgesichter, glotzende Fische und viele bizarre Schmetterlinge zu entdecken.

Schmetterlinge? Die Erinnerung kam zu ihr zurück. Sie errötete.

Eine alte Frau und solch ein Traum!

Ihre Scham zuckte noch rhythmisch — die Nachwirkungen des geträumten Orgasmus.

Verstört warf sie einen Blick auf den sterbend neben ihr ruhenden Ehemann. Es wäre ihr peinlich gewesen, wenn irgendjemand sie bei diesem Traum beobachtet hätte.

Aber Peter lag unbeweglich da. Nur sein Gesichtsausdruck schien sich erneut etwas verändert zu haben. Spielte dort etwa ein friedliches Lächeln um seine bleichen Lippen?

Abrupt setzte sie sich im Bett auf, sodass sie beinahe gegen die Nachttischlampe gestoßen wäre. Ein wundersamer höchst beunruhigender Gedanke bemächtigte sich ihrer.

"Hast du mir diesen Traum geschickt? - Und was wolltest du mir damit sagen?"

Sie stammelte und stockte nachdenklich. Dann schüttelte sie kräftig den Kopf, so als wollte sie wie ein bockiges Pferd alle lästigen Erinnerungen mit Gewalt abwerfen.

Seufzend erhob sie sich, schlüpfte in die Pantoffeln, zog den alten Bademantel sorgfältig um ihre üppige Figur und schlurfte zum Schreibtisch.

"Es war deine unselige Veranlagung, die mir so viel Leid gebracht hat!" Anklagend warf sie diese Worte über ihre Schulter zum Sterbelager zurück.

8.

Ein weiteres Mal studierte sie den Abschiedsbrief. Vielleicht konnte sie jetzt noch verhindern, dass das Andenken ihres Mannes in den Schmutz gezogen wurde? Draußen vor dem Fenster im Frühnebel des herbstlichen Gartens wurde bereits der neue Morgen geboren.

Wieviel Zeit mochte ihr bleiben, bis die Parteischergen und die Polizei hier auftauchten? Sie verfiel in wilde Hektik. Sie riss ungeduldig alle Papiere aus dem Safe. Dabei stellte sie fest, dass es auch sehr private Unterlagen darunter gab, die keinesfalls vernichtet werden durften. Das würde die Sache erschweren. Sie musste alles wenigstens oberflächlich durchsehen, damit sie keine Fehler machte.

Ein großer Korb sollte her, um die Unterlagen aufzunehmen, die niemals in fremde Hände fallen durften. So eilig, dass sie beinahe die Treppe hinunter gestolpert wäre, zerrte sie den roten Bügelkorb aus ihrem Zimmer. Die makellos saubere Wäsche kippte sie einfach achtlos auf den Fußboden.

Nun auf die Aktenberge konzentrieren!

Sie setzte Peters Brille auf die Nase. Ihre Augen waren mit den Jahren schon schwächer geworden. Für die normale Hausarbeit reichte die Sehstärke zwar noch hinlänglich, aber das Lesen wurde zunehmend anstrengender. Sie hielt einen Ordner mit Versicherungspolicen in der Hand und legte ihn nach blitzschnellem Durchblättern auf den Schreibtisch zurück. Dort sollte sich nach und nach ein kleiner Stapel von Papieren türmen, die sie unbedingt aufheben wollte.

Dann begann sie im wirklichen Schmutz zu wühlen. Es tauchten in den Schriftstücken Namen auf, die sie bereits aus den Nachrichtensendungen der Medien kannte. Dort wurde zur Zeit ein enormer Wirbel um illegale Waffengeschäfte in Verbindung mit Schmiergeldern an Politiker gemacht.

Sie verstand auf die Schnelle nicht, wie diese Dinge genau zusammenhingen. Zu wenig war sie mit Peters politischer Alltagswelt vertraut. Nur dass dieses Material höchst brisant sein musste, konnte sie sich an zwei Fingern abzählen. Es ging um atomgetriebene Waffensysteme um ganze Fabrikanlagen zur der Herstellung biologischer Kampfstoffe und dergleichen mehr.

Nach zwei Stunden oberflächlichen Aktenstudiums rauchte ihr der Kopf, von Zahlen, Namen und geheimen Vereinbarungen. Sie benötigte eine kleine Verschnaufpause, um nicht wieder gutzumachende Fehler aus Unachtsamkeit zu vermeiden.

Ungelenk erhob sie sich vom Schreibtisch ihres Mannes. Durch die lange verkrampfte Sitzhaltung war ihr Körper steif und unbeweglich geworden. Sie stützte beide Hände in den Rücken oberhalb ihres Gesäßes und beugte sich mühsam nach hinten. Dann schüttelte sie die Arme aus und rollte ihre verspannten Schultern in alle Richtungen.

Ihr Blick fiel auf Peter, der noch immer fein säuberlich in seinem nagelneuen Pyjama im Bett lag. Sie trat zu ihm und berührte vorsichtig seine Stirn. Die Haut fühlte sich leblos und kühl an. Der Tod hatte offenbar endlich Besitz von seinem Körper ergriffen. Er wirkte erstarrt.

Die Unabänderlichkeit und vollkommene Endgültigkeit seines Abschieds von ihr ließ sie erschaudern, als stünde sie unter einer eiskalten Dusche.

Mitleid überfiel sie plötzlich wie ein Schwarm wilder Bienen, derer man sich nicht zu erwehren vermag. Überall saß dieser traurige Schmerz: im

Herzen, im Kopf, in den Knien und natürlich im Magen.

Als die Tränen abermals in ihre Augen zu steigen drohten, wandte sie sich abrupt von Peters Sterbelager ab. Sie wollte den inneren Wassern diesmal nicht die Chance geben, sich zu ergießen und Herrschaft über sie zu gewinnen. Keine salzigen Sturzbäche sollten ihren ehrgeizigen Plan zunichte machen. Sie würde alles belastende Material vor dem Zugriff Fremder schützen.

9.

Energischen Schrittes marschierte sie nach unten in die Küche und kochte sich Kaffee. Das waren Handgriffe, die seit Jahrzehnten ihr Fleisch und Blut programmiert hatten.

Kaffee kochen ging bei ihr instinktiv auch ohne Verstand.

Ihre Gedanken schweiften zügellos hierhin und dorthin. Sie schienen glücklich eine kleine Freiheit zu genießen, die ihnen als Pause von der schier erdrückenden Aufgabe gewährt wurde, Peters befleckte weiße Weste zu reinigen.

Der aromatische Kaffeeduft erfüllte die Küche mit Normalität. Vanessa saß bald vor einer dampfenden Tasse und sah vollkommen entspannt aus. Draußen im Garten lachte der helle Morgen. Die herbstlichen Nebel hatten der Sonne nicht lange standhalten können. Die letzten Sommerblumen, vorwiegend Rosen in allen Farben, streckten ihre Blüten dem jahreszeitlich schwächer werdenden Licht entgegen und stemmten sich trotzig gegen den auffrischenden Wind.

Die Hausfrau blinzelte zwischen den Sonnenstrahlen in die unverändert daliegende parkähnliche Gartenanlage hinaus. Eigentlich waren ihr jetziges Heim und seine direkte Umgebung wunderschön und äußerst friedvoll. Zahlreiche Vögel vergnügten sich in den Zweigen der stattlichen Bäume. Die Schwalben hielten schon ihre ersten Versammlungen ab vor der großen Reise. Sie würden die frostige Jahreszeit in südlichen Gefilden überdauern.

Manchmal hatte Vanessa sich gewünscht, ein Stückchen dieses warmen Südens in ihrem Innern zu besitzen, um zeitweilig aus der kalten Wirklichkeit fliehen zu können. Aber sie gehörte nicht zu den Menschen, die sich lange in Tagträume flüchten können. Sie hatte nur immer die Möglichkeit besessen, sich durch Arbeit abzulenken.

Davon gab es glücklicherweise in ihrem öden Leben jederzeit genug. Auch dieses letzte Mal würde sie sich abmühen, den vielen belastenden Gedanken zu entgehen, die wie lästige Schmeißfliegen um ihr Leben an Peters Seite kreisten.

Sie schaltete das Radio ein. Der Heimatsender spielte wie gewöhnlich deutsche Schlager. Sie kannte fast alle Texte auswendig. Manchmal kamen sie ihr vor wie geheime Botschaften, nur für sie geschrieben. Ob es so viele unglückliche

Menschen gab, dass diese Lieder so beliebt waren?

"Du musst das Leben eben nehmen, wie das Leben eben ist ..." antwortete das Radio gerade auf ihre innere Frage.

Dann folgte die Morgenansprache des Pfarrers. Sie wollte schon abschalten, weil ihr nach religiösem Gesülze augenblicklich nicht der Sinn stand. Doch der Gottesmann war jung und sprach mit einer sehr angenehmen Stimme. Er erzählte eine interessante Geschichte, die vordergründig nichts mit Religion zu tun hatte. Vanessa wurde neugierig und hörte gespannt zu.

Ein Bauer hielt in seinem Hühnerhof einen seltsamen jungen Vogel. Die Leute lächelten über ihn und meinten, dass er kein richtiges Huhn sei. Aber der Bauer ließ sich nicht beirren. Das Tier scharre und picke wie ein Huhn, also sei es auch eins. Eines Tages kam ein Fremder in den Ort und erblickte den seltsamen Vogel. Da der Bauer sich auch von ihm nicht davon überzeugen ließ, dass dieses Tier nicht in den Hühnerhof gehöre, kaufte er es ihm ab.

Der Mann stieg mit dem vermeintlichen Huhn im Arm auf einen hohen Berg. Dort warf er es mit aller Kraft gen Himmel. Und siehe der junge Adler entfaltete seine kräftigen Schwingen, erhob sich elegant in die Lüfte und rauschte davon in seine natürliche Freiheit.

Vanessa traten dicke Tränen in die Augen. Ja, sie war selbst so ein eingesperrter Adler. Aber wer hatte das jemals bemerkt? Sie hatte fast ihr gesamtes Leben im Hühnerhof zugebracht und das Fliegen wahrscheinlich längst verlernt. Wie verhielt es sich nun mit ihrer eigenen Sehnsucht nach der Freiheit?

Ärgerlich schaltete sie das Radio aus und schlurfte in den großen repräsentativen Salon. Dort gab es einen offenen Kamin. Er hatte ihnen schon einmal in diesem Monat gute Dienste geleistet, weil es bei einer von Peters Besprechungen abends bereits etwas kühl wurde.

Trockenes Holz war noch genügend vorhanden. Es brauchte nur wenige Handgriffe, um ein ordentliches Feuer in Gang zu setzen. Sie beabsichtigte, die kompromittierenden Unterlagen zu verbrennen. Denn mit dem lächerlichen Aktenvernichter, der im offiziellen Büro ihres Mannes im Erdgeschoss stand, verschwendete sie zu viel Zeit.

Eilig schleppte sie den Wäschekorb mit dem ersten Teil des Vernichtungsmaterials nach unten zum Kamin. Sie besaß für ihr Alter noch ziemlich viel Kraft. Hausarbeit war eben überwiegend schwere körperliche Beschäftigung. Das stählt die Muskulatur.

Wenn ihre Muskeln nicht vom übermäßigen Körperfett kaschiert worden wären, hätte sie manchen Fitnessfreak neidisch machen können. Aber das interessierte Vanessa nicht im geringsten.

Sie riss die Akten in Windeseile grob auseinander und warf sie nach und nach ins lodernde Feuer. Zwischendurch stocherte sie mit einem schmiedeeisernen Schürhaken in dem zögernd feuerfangenden Papierberg herum. Als sie den Eindruck gewann, dass sie die Feuerstelle nun eine Weile sich selbst überlassen könne, begab sie sich erneut ins Schlafzimmer.

Der Aktenberg war schon auf einen kleinen Rest geschrumpft. Aber viel Zeit blieb ihr vermutlich auch nicht mehr. Sie arbeitete zügig und mit zunehmender Routine weiter. Zwischen den privaten Unterlagen fand sie einige Pin-up-Fotos von hübschen jungen Männern. Für einen kleinen Moment unterbrach sie ihre hastige Tätigkeit, um die Abbildungen genau zu betrachten.

Ein großer blonder Nackedei rieb mit der Rechten seinen erigierten Penis und blickte dem Betrachter aufreizend entgegen, wobei er seine Zunge wollüstig über die Lippen gleiten ließ.

Auf einem roten Satin-Bett zeigte ein eher dunkler Typ seine attraktive Rückseite. Zwischen den weit gespreizten Pobacken lugte ein Büschel schwarzer Haare kontrastreich hervor. Auch sein praller Hodensack machte sich farblich gut vor dem grellen Hintergrund.

Dann gab es noch einige Aufnahmen von Peter und zwei Männern in eindeutig homosexueller Aktion.

Vanessa ekelte sich. Gänsehaut überzog ihren ganzen Leib.

Wenn sie sich vorstellte, dass ihr Peter ...

Entschlossen warf sie alle Fotos in den Vernichtungskorb. Waren sie nicht genauso kompromittierend, wie die geheimen Akten?

Während sie die mühsame Arbeit beendete, jammerte sie vor sich hin, so als könnte der Verstorbene sie noch hören: "Ach, Peter! Ach, Peter! Hättest du mir und den Kindern das nicht ersparen können?"

Endlich legte sie die privaten Unterlagen wohlgeordnet neben Peters Münzsammlung in den

Safe zurück und schloss die Tür. Der Raum sollte möglichst unauffällig, eben völlig normal, wirken. Sie räumte den Schreibtisch sauber auf, verstaute alle überflüssigen Gegenstände, auch die Medikamente, ordentlich in den Schubladen und schleppte den Korb ein weiteres Mal zum Kamin.

Das Feuer flackerte gewaltig, aber die Akten waren noch nicht vollständig zerstört. Sie stocherte darin herum, damit die Flammen auch bis zum kleinsten Papierschnipsel dringen konnten. Dann erst verbrannte sie die nächste Ladung. Zwischendurch überließ sie den flackernden Kamin kurze Zeit sich selbst und besorgte einen alten Emaille-Eimer, um die heiße Asche wegzuschaffen. Nachdem sie sich vergewissert hatte, dass auch wirklich alles verbrannt war, schaufelte sie die schwarzen Überreste der dunklen Vergangenheit ihres Mannes in den Eimer.

10.

Sie hatte schon in Filmen gesehen, dass pfiffige Kriminalisten aus der Asche von verbrannten Schriftstücken noch Hinweise gewannen.

Wohin sollte sie diese verkohlten Reste also schaffen? In die Toilette schütten und einfach wegspülen? Vielleicht würden dadurch die Abflussrohre verstopft. Das war zu gefährlich.

Einfach alles in die Mülltonne kippen? Nein, da suchten die Schnüffler wahrscheinlich zuerst. Die waren schließlich nicht dumm, und wahrscheinlich schauten sie sich gelegentlich auch Krimis im Fernsehen an.

Dann kam ihr der rettende Einfall.

Der Gärtner hatte im hinteren Teil des großen Gartens vor zwei Tagen eine Baumwurzel ausgegraben. Dort war die Erde noch locker und leicht. Erst heute Vormittag sollten Grassoden darüber gelegt werden, um den hässlichen braunen Fleck im samtigen Grün des englischen Rasens zu beseitigen.

Vorher würde sie den ganzen schwarzen Dreck dort unterbuddeln und sorgfältig mit der feuchten Gartenerde vermischen. Das dürfte auch dem findigsten Polizisten die Tour vermasseln!

Sie schlüpfte geschwind aus ihrem altmodischen Nachtgewand und, ohne die übliche Morgentoilette, direkt in einen ausgeleierten stark verwaschenen Jogginganzug.

Dann ergriff sie den mit schmutzigen Vergangenheitsresten randvoll gepressten Eimer und verließ das Haus über die Hintertür.

In einem kleinen Blockhaus waren die Gartengeräte sauber und übersichtlich verstaut. Der Gärtner liebte die Ordnung. Alle Spaten und Harken wurden nach der Arbeit stets sorgfältig gesäubert und eingeölt. Nicht umsonst hatte der gute Mann seit so langer Zeit seine Stellung bei ihnen behalten.

Vanessa ergriff kurzerhand den erstbesten blinkenden Spaten und eine breite Harke. Mit dem Eimer in der Linken und den beiden ziemlich schweren Werkzeugen in der Rechten betrat sie festen Schrittes die tadellose Rasenfläche. Das weiche gepflegte Gras war leicht feucht und benetzte ihre schwarzen Gummistiefel, sodass sie unten herum wie feine Lackschuhe glänzten.

Der Weg über den natürlichen grünen Teppich war eine Abkürzung gegenüber dem aus gestalterischen Gründen stark geschlängelten Naturstein-Pfad. Aber dennoch wurden ihr die Arme bald lahm. Sie zwang sich dazu, ihr Ziel ohne Verschnaufpause anzusteuern. Schließlich galt jetzt jede Minute. Hatte sie nicht schon genug kostbare Zeit mit Heulen und Zähneklappern vergeudet?

Der braune krümelige Boden ließ sich erstaunlich leicht graben. Schnell legte sie eine stattliche Vertiefung zur Bestattung der Vergangenheit an. Sie kippte ohne jegliche Sentimentalität den Inhalt des Eimers hinein und achtete darauf, dass nicht der kleinste Rest darin zurückblieb.

Den letzten verbrannten Schmutz rieb sie mit einigen herabgefallenen Blättern sorgfältig heraus. Dann vermengte sie die verräterischen Überreste sehr gründlich mit aromatisch duftender Gartenerde und harkte das Loch sorgfältig zu.

Mit einem letzten zufriedenen Blick vergewisserte sie sich, dass alles genau so aussah, wie es der Gärtner verlassen hatte. In weniger als zwei Stunden würden die sorgfältig eingepassten frischen Grassoden sämtliche Spuren verdecken.

Damit war endgültig sichergestellt, dass diese letzte Ruhestätte aller Verfehlungen eines gescheiterten Politikerlebens ihr alleiniges Geheimnis blieb.

Sie wischte die Gartengeräte ebenfalls grob mit Blättern sauber und trat schnell den Rückweg an. Es würde noch einige Mühe kosten Spaten, Harke, Eimer und Stiefel vollkommen zu reinigen. Aber wozu war sie schließlich eine perfekte Hausfrau?

Wenigstens dieses eine Mal sollte ihr die jahrelange Putzerfahrung hervorragende Dienste leisten. Nach vollendeter Arbeit war sie schweißgebadet. Würde es irgendwie auffällig sein, wenn sie am Morgen ein ausgiebiges Bad nahm?

Sicher nicht!

Sie stellte sich vor, was verwöhnte Frauen reicher Männer so alles trieben. Sicherlich schliefen die zu dieser frühen Morgenstunde noch ohne die geringsten Gewissensbisse.

Später nahmen sie dann einen kleinen kalorienarmen Imbiss, frönten ausgiebig der Morgentoilette und begaben sich anschließend zum Tennis mit einem attraktiven jungen Gespielen.

Im Grunde widerstrebte Vanessa die Vorstellung, mit unnötigen Beschäftigungen die Zeit totzuschlagen. Also stieg sie nur schnell unter die warme Dusche und zog sich einigermaßen ordentlich an. Den Jogginganzug steckte sie mit einigen anderen dunklen Wäschestücken in die Waschmaschine.

Sie war durch die körperliche Anstrengung hungrig geworden. In der Kaffeemaschine lockte ein Rest duftender Kaffee. Sie schenkte sich ihre große Lieblingstasse nochmals voll, suchte Brot, Butter und selbstgemachte Konfitüre hervor und aß sich erst einmal tüchtig satt.

Das Essen hatte für sie nicht nur eine magenberuhigende Funktion sondern bedeutete Lustgewinn. Es war ihr als einzige Lust noch geblieben. Sie achtete stets darauf, dass sie dabei möglichst nicht gestört wurde.

Peter brachte die meiste Zeit sowieso in Berlin zu, und die Kinder kamen nur noch selten nach Hause.

Wilhelm arbeitete nach seinem Jurastudium in einer Sozietät in der Landeshauptstadt.

Karl wollte Arzt werden. Er musste für seine Doktorarbeit Mäusehoden sezieren. Eine eklige Angelegenheit, wie Vanessa dachte. Aber mit dieser unbeliebten Untersuchungsreihe würde ihr Sohn es schaffen, seinen Doktortitel viel schneller als die meisten seiner Kommilitonen zu erhalten. Musste sie da nicht stolz auf ihn sein?

Der überkorrekte Friedrich war vor zwei Monaten mit einer Kunststudentin zusammengezogen. Vanessa hatte sie flüchtig kennen gelernt. Es war ein nettes aufgewecktes Mädchen. Sie gäben kein schlechtes Paar ab, ihr lebenstüchtiger Sohn und die eigenwillige Künstlerin.

Die Zwillinge hatten gerade erst mit dem Studium begonnen. Da sie einfach unzertrennlich waren, wohnten sie zusammen. Otto studierte gegen den Willen seines Vaters Philosophie und Konrad entschied sich für Naturwissenschaften.

Ja, sie hatte inzwischen reichlich Gelegenheit, sich lustvollen Nahrungsexzessen hinzugeben. Dafür war sie sogar bereit, hin und wieder auf andere Haushaltsausgaben oder notwendige Kleidungsstücke zu verzichten.

Nach dem Frühstück räumte sie den Tisch sauber ab. Legte die blauweiß karierte Decke auf und stellte den duftenden Rosenstrauß in die Mitte. Die Blumen hatte ihr der freundliche Gärtner vor zwei Tagen abgeschnitten und hereingereicht. Er bekam dafür wie gewöhnlich zwei Tassen Kaffee und einige selbstgebackene Kekse.

Der Mann war ihr sehr sympathisch und eigentlich augenblicklich der einzige Mensch, der sie fast so kannte, wie sie wirklich war. Trotzdem behandelte er sie mit großem Respekt. Manchmal wechselten sie ein paar private Worte. Er war Witwer und hatte eine schwer kranke Tochter zu versorgen. Vanessa erkundigte sich regelmäßig nach ihrem Befinden.

Über ihre eigenen Probleme konnte sie natürlich nicht mit ihm sprechen. Also schimpfte sie ersatzweise über das Wetter oder die gestiegenen Preise, um sich irgendwie verbal abzureagieren.

Manchmal berichtete sie ihm auch stolz von den beruflichen Erfolgen ihrer Sprösslinge. Aber da sie wusste, dass er nicht so viel Glück mit seinem Kind hatte, hielt sie sich meistens damit zurück. Sie wollte nicht, dass der Mann traurig wurde, weil seine an Multiplesclerose leidende Tochter keine rosigen Zukunftsaussichten hatte.

Wenn Vanessa missgelaunt war, hatte der freundliche Angestellte zur Aufmunterung immer eine kleine lustige Geschichte für sie bereit. Und er zauberte oft mit wundervollen Blumensträußen oder Körben voller frischem Obst aus dem

Garten ein dankbares Lächeln auf ihr Gesicht. Überhaupt wirkte er, trotz seines schweren Schicksals, stets ausgeglichen und optimistisch.

Manchmal hatte dieser einfache Gärtner ihr den Mut gegeben, das freudlose Dasein ein um den anderen gleichförmigen Tag zu ertragen. Er schien immer zu wissen, wie es um sie stand, auch ohne viele Worte. Ja, er war nicht sonderlich gebildet, aber er wirkte auf sie wie einer der großen Weisen, von denen in frommen Büchern die Rede war. Dabei mochte er kaum älter sein als sie selbst.

Auf welch unterschiedliche Art die Menschen den Herausforderungen des Lebens doch begegneten!

Mit sanften Pfoten schlich eine stattliche schwarz weiße Katze über das gepflegte Grün. Das Bild war so harmonisch und formvollendet, als sei es von einer Künstlerin in Öl gemalt.

Mit geschmeidigen Bewegungen näherte sich das schöne Tier einem dichten Beerenstrauch, in dem einige kleinere Vögel einen gedeckten Tisch gefunden hatten.

Lauernd hielt es inne.

Dann legte es sich ganz flach auf den Boden und beobachtete regungslos die verlockende Beute. Nur die schwarze Schwanzspitze peitschte in nicht zu zügelnder wilder Erregung das Gras.

Vanessa mochte diese Katze. Sie gehörte irgendwelchen Nachbarn und streunte schon so lange hier herum, wie sich die Frau zurück erinnern konnte.

Peter hatte ‚das Viech' irgendwann einmal mit seinem Jagdgewehr erschießen wollen. Aber die Zwillinge lamentierten deshalb so entsetzlich, dass er davon abließ.

Seither hatte die Katze in ihrem Garten ein gewisses Heimrecht. Wenn auch der Gärtner manchmal über die Schäden schimpfte, die ihre Krallen hier und dort an den Ziergehölzen hinterließen.

Vanessa zuckte unwillkürlich zusammen, als der Stubentiger plötzlich mit einem mächtigen Satz vorschoss, um mit dem kräftigen Schlag seiner zierlichen weißen Pranke blitzschnell einem der gefiederten Gesellen den Garaus zu machen.

Die Beobachterin hatte kein Interesse daran, dem kleinen Schlachtfest beizuwohnen, welches sich letztendlich auf ihrer gepflegten Wiese abspielte. Innerlich betroffen schaute sie lieber in ihre Kaffeetasse.

Wie nah doch die vollendete lebendige Harmonie und der Tod beieinander standen! Vielleicht, weil der Tod eigentlich in allen Dingen wohnte?

Schon die Geburt eines Wesens oder die Entstehung einer Sache beinhaltete die Gewissheit ihrer Vergänglichkeit. Nichts auf dieser Welt währte ewig!

Vanessa war satt.
Vanessa war müde.
Vanessa wusste nicht, wie es weitergehen sollte. Eine tiefe bleierne Schwärze legte sich auf ihr Gemüt. Überall lauerte der Tod.

Was hatte sie als alte abgearbeitete Frau noch von diesem mageren Rest eines Lebens zu erwarten?

Kein Traumprinz würde sie jemals auf seinen geflügelten Schimmel heben und mit ihr davon schweben. Kein rauschender Beifall würde jemals ihretwegen einen Konzertsaal zum Beben bringen. Kein Volk der Welt würde jemals sie, Vanessa, als seine Landesmutter verehren.

Sie dachte an Evita Peron.

"Don't cry for me Argentina..." hatte man so oft im Radio gespielt, dass sie es fast nicht mehr hören mochte. Dabei war es anfangs sogar ihr Lieblingslied gewesen.

Ja, so verehrt zu werden von einer ganzen Nation!

Vanessa weinte abermals.

Sie wollte nicht weiterleben.

Sie gehörte eigentlich nicht in diese grelle laute Welt voller Ungerechtigkeiten. Nein, schon als Kind hatte sie es irgendwie gespürt, dass sie hier auf diesem Planeten verkehrt gelandet war.

Ihr Storch hatte wahrscheinlich einen Fehler begangen und das kleine hilflose Bündel erbarmungslos am falschen Ort abgelegt.

Lange Zeit, viel zu lange, hatte sie sich ständig dazu gezwungen durchzuhalten, weiterzumachen — koste es was es wolle.

Jetzt war das Maß endgültig voll!

Was wollte ihr der ewige gütige GOTT denn noch alles aufbürden?

Hatte DER gar kein Herz?

Oder hatte ER in seiner Allmacht und Entrücktheit vergessen, was Leiden für eine Sterbliche bedeutete?

Als sie sich dabei ertappte, wie sie ganz mechanisch das Geschirr abwaschen wollte, wurde ihr plötzlich mit glasklarer Härte bewusst, dass dies kein gewöhnlicher Tag war. Dies war keiner dieser in endloser Einförmigkeit sich aneinander reihenden Tage voll bleierner Mattigkeit und graublinder Hoffnungslosigkeit.

Oben lag blitzsauber und erstarrt ihr verstorbener Ehemann!

Der Kamin war noch warm von ihrer ungesetzlichen Verbrennungsaktion. Und im Garten gab es ein geheimes Grab ohne Leiche.

Sie konnte nicht länger so tun, als ob nichts Weltbewegendes geschehen wäre!

Unendlich müde legte sie die geblümte Schürze ab und hängte sie an den Haken.

Dann strich sie, unschlüssig über die weitere Vorgehensweise, ihr altmodisches dunkelblaues Jackenkleid glatt. Danach trat sie vor den Spiegel in der großen Diele und zupfte ihre fusseligen

Haare etwas in Form. Ihre Erscheinung passte erstaunlich gut zu einer trauernden Witwe.

Sollte sie jetzt den Hausarzt rufen?

Er war ein netter älterer Herr, und sie kannte ihn schon jahrelang. Am besten wäre es, wenn er den Totenschein über eine natürliche Todesursache ausstellte. Peter war schließlich schon längere Zeit herzkrank.

Aber so senil war der Arzt dann wohl doch noch nicht? Wahrscheinlich würde er die ganze Sache durchschauen. Sie legte den Telefonhörer enttäuscht aus der Hand ohne die Nummer gewählt zu haben.

Zögernd stieg sie erneut die Treppe hinauf.

Eine tiefe Depression breitete sich in ihrem Innern aus, wie das riesige weit verzweigte Wurzelgeflecht eines Giftpilzes.

Wie sollte sie mit dieser verzweifelten Situation fertig werden?

Sie konnte doch unmöglich die Buben mit hineinziehen! Die hatten längst ihr eigenes hoffnungsvolles Leben. Mochten sie ruhig weiterhin glauben, dass ihr Vater ein ganz besonderer Mensch und hervorragender Politiker war.

Peter lag starr auf dem Bett. Sie streckte zitternd eine Hand nach ihm aus, um sich ein letzte Mal zu vergewissern, dass er nicht mehr lebte.

Die Haut war schaurig kalt.

Wieder musste sie weinen.

Laut schluchzend sank sie neben dem Bett in die Knie und presste ihre Stirn gegen die Matratze.

Würde sie ihrem Mann nicht besser in den Tod folgen? Was blieb ihr ohne ihn noch auf dieser Welt?

Es befanden sich ausreichend Tabletten im Haus. Wenn sie einige davon schluckte, mochte alles bald ausgestanden sein! Die Schmerzen würden sicher erträglicher sein, als alles was sie bisher erlebt hatte.

Dann kam ihr der nette Gärtner in den Sinn.

Er musste jeden Augenblick zur Arbeit erscheinen. Er war stets pünktlich wie ein präzises Uhrwerk.

Das Auto parkte in der Garage. Daran konnte der Angestellte unweigerlich erkennen, dass sie und Peter Zuhause waren.

Er würde in einer halben Stunde wahrscheinlich mit einem Korb voller rotbackiger Äpfel gutgelaunt in der Küche erscheinen. Dabei würde wie immer ein fröhliches kleines Liedchen aus seinem zottligen Bart hervor zwitschern.

Es war eindeutig zu spät für ihren Entschluss, zerrieben zwischen Solidarität und Angst, aus diesem Leben zu scheiden! Der Gärtner würde es zu verhindern wissen. Und ein jämmerlich missglückter Selbstmordversuch war es nicht, wonach ihr der Sinn stand. Für einen derartigen Hilferuf besaß sie keinen brauchbaren Adressaten.

Die verhärmte Frau hörte das schmiedeeiserne Gartentor in den Angeln quietschen. Und dieses simple, objektiv betrachtet gewiss nicht sehr angenehme, Geräusch löste in ihr eine plötzliche Euphorie und Erleichterung aus, die sie sich nicht erklären konnte. Selbst das zarte, klare Läuten von tausend filigranen Silberglöckchen hätte ihren Ohren in diesem Augenblick nicht süßer klingen können.

Sie wandte ihrem verstorbenen Gatten abrupt den Rücken zu. Seine Angelegenheiten besaßen im Moment keinerlei Dringlichkeit für sie.

Der Tote brauchte sie nicht mehr!

Vanessa fühlte sich hingegen gedrängt, unbedingt sofort frischen Kaffee aufzugeben.

Erwin war bereits im Garten. Sie wollte ihn nicht eine Minute lang warten lassen.

Ihr lange vernachlässigtes Herz begann bei diesem Gedanken in jeder Pore ihres Körpers zu pulsieren, als sei sie ganz plötzlich zu einem verliebten jungen Mädchen mutiert.

Schick mal Bild mit Pinsel

1.

Eintrag in das Gästebuch eines kleinen Hamburger Theaters:

Katharina Schäfer schreibt am 17.10.2012 um 12:20

Anläßlich einer runden Geburtstagsfeier besuchten wir mit drei Generationen am 13.10. Ihre Vorstellung. Wir saßen in der ersten Reihe und amüsierten uns alle einfach köstlich – sogar meine Mutter, die aus Köln angereist war. Mir gefiel besonders Georg Seidel, der in der Rolle des tumpigen Bodo sehr viel Mut zur Hässlichkeit bewies und seine erotische Ausstrahlung so geschickt beibehielt. Wenn er wirklich eine Partnerin suchte, wäre ich eine potentielle Kandidatin gewesen (natürlich auch wegen der niedlichen schwarz-weißen Welpen)☺!!! Weiterhin viel Erfolg – wir machen auf jeden Fall Werbung für dieses Stück.

Email an Katharina Schäfer am 1.11.2012 um 13:15

liebe "kandidatin"....

waren sie die nette dame, die mit sympathischer mutter aus köln so freundlich nach der vorstellung zu mir sprach?....

das theater hat mir den gästebucheintrag geschickt und ich hoffe, ich bin an der richtigen adresse ...

lieben gruss, georg „bodo" seidel

Re-Mail an Georg Seidel am 2.11.2012 um 10:36

Lieber Georg Seidel!

Ja, ich bin es! Ich hatte die Hoffnung schon beinahe aufgegeben ...

Nun bin ich doch sehr aufgeregt, und unsicher, was ich Ihnen schreiben soll?! Mit "Bodo" hätte ich da weniger Probleme (oder kann der gar nicht lesen?). Wenn ich Sie aber auf Ihre zwar wirklich meisterlich gespielte Rolle reduziere, ignoriere ich völlig die Blicke, die wir wechselten. Diese gehörten eindeutig nicht zum Theaterstück und waren - was mich betrifft - auf die Person hinter der Rolle gerichtet.

Daraus folgt, dass ich mich nun an "Georg" richte und mich damit quälen muss, wie ein "Landei" mit einem weltgewandten und lebenserfahrenen Schauspieler korrespondiert (der wahrscheinlich auch keine Lust auf langatmiges gefühlsdusseliges "Gewäsch" hat), ohne es gleich in der ersten Mail zu "vergeigen". ☹

Also: Ich finde Sie einfach umwerfend und werde versuchen, mehr von Ihnen zu sehen. Leider wohne ich nicht selbst in Hamburg - aber wenigstens in Norddeutschland. Wenn Sie so freundlich wären, mich zu informieren, wann und wo Ihr nächster Auftritt stattfindet, will ich alles daran setzen, frei zu bekommen.

Sie können übrigens ganz beruhigt sein: Ich werde Sie ab jetzt nicht mit Mails bombardieren. Da bin ich dann doch noch ein wenig "nette Dame" - wenn mein Verhalten auch sonst etwas mehr auf "Kandidatin" zielte. Deshalb, bitte melden Sie sich, wenn Ihnen danach ist!

Herzliche liebe Grüße von Katharina Schäfer

Re-Mail an Katharina Schäfer am 7.11. um 19:46

liebe katharina, ab jetzt duzen wir uns, obwohl ich finde, das siezen einen gewissen reiz hat, ... nachzuhören bei annett louisian in "er sagt Sie zu mir"...

hab mich sehr gefreut über deine email und hoffe, das wir uns ganz bald sehen.

spiele bis wahrscheinlich mai in hamburg, und so wie es aussieht auch noch viel länger in anderer funktion am theater, also bis dahin sehen wir uns jawohl, denn was die blicke angeht , liegst du völlig richtig ...

also ich find dich auch toll, obwohl du gar nicht gespielt hast, vielleicht gerade drum ...

wo wohnst du denn im "grossen norddeutschland" ? ... hoffentlich nicht zu weit weg von hamburg, denn ich möchte dich gerne einladen, mich in meiner heimatstadt zu besuchen.

freu mich auf nachricht von dir und freu mich ueberhaupt.

lieben gruss, georg

Mail an Georg Seidel am 08.11. um 14:55

Betreff: Gruß aus Ostfriesland

Lieber Georg,

der Text (und auch einige andere) von Annett ist gut - vielen Dank für den Tipp, ich kannte sie nämlich noch nicht! Trotzdem bin ich mit dem "Du" sehr einverstanden (auch wenn wir damit vielleicht auf einige verbalerotische Höhenflüge verzichten). Es ist ehrlich und fühlt sich für mich gut an. Schön, dass Du mir diese Entscheidung so souverän abgenommen hast! Ich bin wirklich - spätestens seit dem gestrigen Abend - etwas verwirrt. Habe nach dem Öffnen Deiner Mail kaum ein Auge zugemacht - Schmetterlinge ...

Es ist sehr lange her, dass ich offen war für etwas ‚Neues'. Egal, wie die Sache mit uns weitergeht, das starke Gefühl schreit danach, sich darauf einzulassen!!! Mein Verstand ist ziemlich geschrottet - er kämpft gerade verzweifelt ums Überleben.

Über meinen momentanen Standort gibt es folgendes zu berichten: Ich lebe in Ostfriesland und habe mir dort (nach fast zwanzig Jahren Isolation direkt hinterm Deich) vor zwei Jahren ein kleines altes Haus in der Stadt Esens gekauft. Eigentlich hätte ich an meinen freien Tagen Heizkörper streichen wollen/sollen - ging aber irgendwie nicht mehr...

Zum Arbeiten fahre ich mit der Fähre nach Langeoog. Jetzt kommen mindestens drei Arbeitstage auf mich zu. Sei bitte nicht erstaunt, falls ich in der Zeit etwas wortkarg werde - es liegt an dem "Knochenjob" keinesfalls an Dir. Du bereitest mir bisher nur Freude!♥

Ich habe gelernt, Menschen so sein zu lassen, wie sie sein möchten. Damit fahre ich in all meinen Beziehungen ganz gut. Jeder ist sein eigenes Universum und damit für mich höchst interessant. Also, wenn Du mir etwas von Dir erzählen möchtest, ist das für die weitere Entwicklung unserer ‚Korrespondenz' völlig ungefährlich. Nächster Punkt: <u>Einladung nach Hamburg</u> (Ich merke, dass die Mail unverschämt lang wird. Hätte vielleicht doch in der Nacht noch antworten sollen - meine Hände zitterten so sehr, dass ich mich hätte kurzfassen müssen.)

Wenn ich wieder ein paar Tage freihabe - was in dieser Jahreszeit manchmal vorkommt -, kann ich evtl. meine Tochter in Hamburg besuchen.

Sie arbeitet dort seit einiger Zeit als Erzieherin und wohnt mit ihrem Freund zusammen. Die beiden waren mit im Theater. (Wundert mich eigentlich, dass Du mich überhaupt wahrgenommen hast - neben ihr.)

Alles weitere sollte sich dann finden ...

So, lieber Georg, viel Vergnügen beim Lesen meiner Mail und evtl. beim Rätseln zwischen den Zeilen (Du weißt ja, wie es um meinen Verstand bestellt ist). Sei ganz lieb gegrüßt und umarmt von ‚Kandidatin' Katharina ♥ (Ich glaube "nette Dame" würde mir spätestens jetzt keiner mehr abnehmen!)

Re-Mail an Katharina 08.11. um 18:47

liebe katharina, ...

gerade wenig zeit, schöne email... schick mal bild mit pinsel, bitte, frauen bei handwerkerarbeiten sind immer schön anzusehen, ... lass mal morgen tel. 0170 0000000

lieben gruss, georg

Re-Mail an Georg 09.11. um 20:36

Lieber Georg,

bitte verzeih mir, dass ich heute nicht anrufe - bin völlig platt von der Arbeit. Es war ein ‚Hammertag' und das alles ohne Verstand.☹ Ich hab Sorge, dass ich heute die ganze Nacht nicht schlafe, wenn ich Deine Stimme höre und danach morgen auf der Arbeit total am Rad drehe. Träume hoffentlich von Dir!!!

Hdl, Katharina ♥

Mail an Georg 10.11. um 20:39

Betreff: Sorry

Lieber Georg,

lass uns das Telefonieren bitte auf Sonntagabend verschieben. Bekomme ab Montag zwei Wochen Urlaub, dann muss ich nicht immer so früh raus und wir könnten uns evtl. sehen. Kannst mich ab 20 Uhr über Festnetz erreichen: 04971/ 999999. Mag Handys nicht besonders, w. der permanenten Erreichbarkeit, habe nur eins für Notfälle. Bin halt ein Landei, das seine Freiheit sehr schätzt. Kuss von Katharina♥

2.

SMS an Georg 11.11 um 22:30.

Hat wohl nicht geklappt ... Schade!!!

Re-SMS an Katharina 11.11. um 23:05

Bin im zug eingepennt ... morgen?

Re-SMS an Georg 11.11. um 23:08

Hdl, Katharina

SMS an Georg 12.11. um 22:00

Na, du? Wieder irgendwo eingepennt? Oder kein interesse mehr an bild mit pinsel ...

Re-SMS an Katharina 12.11. um 22:04

Bin im kino ... Schick mal ruhig ...

Mail an Georg 13.11. um 10:29

Betreff: Bild mit Pinsel?

Hallo, Georg!
Klappt irgendwie mit uns nicht - das Telefonieren. Im Kurzfassen (SMS) bin ich wohl auch eher ungeschickt. ☹

Hatte gestern einen sehr vergnüglichen Abend. Bei den konkreteren Überlegungen zu dem erbetenen ‚Bild mit Pinsel' musste ich jemanden um Hilfe bitten. Solche Bilder (... bei diversen Handwerkstätigkeiten) liegen bei mir nicht einfach so herum. Arbeite natürlich gewöhnlich allein und warum sollte ich davon Fotos machen? Finde mich auch eigentlich verschwitzt und mit Farbspritzern an allen unmöglichen Stellen nicht sehr anziehend.

Leider funktionierte meine sonst sehr verlässliche und oft benutzte Digitalkamera überhaupt nicht. An den Batterien lag das leider nicht. Habe meinen Sohn (20) daher um fachmännische Unterstützung gebeten. Die Kamera konnte er nicht reparieren. Er ist aber natürlich bei technischen Sachen auf neuestem Stand und mit allen Geräten ausgestattet (... „Mama, Dein Sohn lernt jetzt Informationselektronik ..." - sein Jurastudium hat er leider vor einem halben Jahr geschmissen).

Er hätte ja ein Foto von mir geschossen. Aber wir kamen nicht über die Planung der Pose hinaus, weil er so furchtbar pubertierte und dazu noch einen gleichaltrigen Freud zurate zog, dass wir drei uns ausgeschüttet haben vor Lachen. "Nimm ihn in den Mund und sag Büffel!" war noch die harmloseste Version... Ich hab dann in einer Lachpause angemerkt, dass ich mich erstens nicht in derartigen Posen von ihm fotografieren ließe und es zweitens immer passieren kann, dass solch ein Foto im Netz landet. Er meinte nur lachend: "Dann schreib ich darunter: *Das ist meine Mutter!*" ☺

Also, Du wirst genug Fantasie haben, Dir erstmal nur vorzustellen, wie das "Bild mit Pinsel" aussehen könnte! Ich muss mir nämlich erst ne neue Kamera besorgen. Ein unerotisches Bewerbungsfoto, was hier noch so rumliegt, wollte ich jetzt nicht gerade schicken.

Kannst mich ja mal anrufen, was Du Dir unter dem Foto so vorstellst. Bist ja glücklicherweise ein toller erwachsener Mann, und kein pubertierender Lümmel. Ich bin mir trotzdem nicht mehr ganz sicher, ob Du nicht viel lieber Spielchen spielst? Kannste mit mir aber gern auch haben. Man sagt mir eine erotische Telefonstimme nach, wenngleich ich im Hinblick auf Spielchen etwas eingerostet bin, würdest Du es vielleicht schaffen, mich zu inspirieren.

Lieber Gruß von Katharina

Nachricht von Georg auf dem AB 13.11. um 14:14

"Hallo, Katharina, hier ist Georg. Mensch, ja ist schwierig, dass wir uns mal an die Strippe bekommen. Entweder bin ich beschäftigt oder Du oder wie ... (leichtes Zittern in der Stimme) Ja, aber ich denke, das wird schon noch klappen. Also, so in den nächsten anderthalb Stunden bin ich erreichbar und danach wird's wieder schwierig. Also, versuch's einfach, würd mich freuen... Tschüss!"

Anruf von Katharina 13.11. um 16:03

Sie aufgekratzt: „Hallo, Georg, hier spricht Katharina. Habe gerade erst Deine Nachricht auf dem AB gehört. Tut mir leid, dass ich nicht da war. Ich komme von einem Weibergeburtstag. Ein Wunder, dass ich überhaupt noch sprechen kann." Er belustigt: „Was, bist Du so voll?" „Nein, ich trinke fast nie. Brauch ich einfach nicht. Ich kann das alles auch ohne. Außerdem will ich meinen Führerschein behalten. Ne, wir haben soviel gelacht, dass ich beinahe heiser bin." Sehr eilig: „Ja, ich trinke auch nicht! Eigentlich wollte ich Dich heute abholen und nach Aurich zu einer besonderen Weihnachtslesung einladen. Ist ein Bekannter von mir, der liest auf Plattdeutsch. Bin aber leider noch in Berlin. (Unterbrechung! Er, scheinbar an ein Kind gewandt, etwas unwirsch: „Leg das sofort wieder weg!") Bin hier gerade mit meinen zwei Töchtern. Wir haben tolles Wetter!" „Bei uns ist das Wetter eher bescheiden, aber zwei Töchter hab ich auch! - Einen Augenblick, mein Sohn ruft auf dem anderen Apparat an." (Sie genervt: „Hallo, Benny! Ich kann jetzt nicht. Ich telefoniere gerade mit Georg!") Gespräch unterbrochen!

Anruf von Katharina 13.11. um 16:24

„Hallo, Georg! Wir wurden leider unterbrochen." „Ja, ist bei mir auch gerade wieder schlecht. Sag, was hast Du eigentlich für einen Job, der Dich so schlaucht?" „Ich arbeite in einem First-Class-Hotel als Zimmermädchen. Hab so schnell nichts anderes gefunden …" Beschwichtigend: "Das macht doch nichts. Ist doch ein Beruf wie jeder andere." „Ja, ganz interessant und abwechslungsreich. Manchmal begegnen mir auch nackte Männer am Pool …" „Wieso? Keine Frauen?" „Ne, die sind eher in der Sauna. Aber die Männer sind meistens nicht so schön wie Du!" „Ich? Bin ja auch ein bisschen zu dick …" „Finde ich nicht. Bist sehr schön durchtrainiert, kein Wunder bei der anstrengenden Tanzeinlage!" Lachen! „Nun sag mal, wann hast Du Zeit für ein Treffen?" Ausweichend: „Zeit hab ich eigentlich überhaupt keine. Demnächst muss ich ein paar Tage nach Düsseldorf … Weihnachten hab ich mal drei Tage spielfrei ... Und dann vielleicht Anfang des Jahres ... Da kann es etwas besser werden." Enttäuscht: „ Schade, das ist ja eher schlecht ..." – „Soll ich Dir nun Karten für die Lesung heute Abend an der Kasse hinterlegen lassen?" Ausweichend: „Nein, danke! Ist für mich heute etwas schwierig dahin zu kommen. Mein Sohn braucht das Auto." „Dann lass jetzt mal Schluss machen. Kann im Moment nicht so richtig! Tschüss dann!" „Ja, Tschüss!"

<u>Mail von Katharina 14.11. um 9:27</u>

Betreff: Gruß aus Dornum

Hallo, Georg!

So richtig geklappt hat das mit dem Telefonieren gestern ja auch nicht. Freue mich aber, dass ich Deine Stimme hören konnte und einen kleinen Einblick in Dein ‚Universum' bekam. Du hast eine sehr junge klare Stimme - hatte ich aus der Vorstellung eher anders in Erinnerung. Aber in Deinem Beruf ist eine große Modulationsfähigkeit des Klangkörpers bestimmt ein Vorteil - oder sogar Voraussetzung? Ich kenn mich mit dieser Sparte nicht besonders gut aus. War mal vor gefühlten 100 Jahren kurz mit einem Kameramann aus Berlin zusammen. Das war schon eine andere Welt für mich. Heutzutage mache ich den Stars in unserem Hotel das Bett und trage ihnen auch sonst den Arsch nach, wenn es sein muss. Manche nehmen es sogar wahr, dass ich ein ‚etwas anderes Zimmermädchen' bin. Bekomme ne Menge Trinkgeld – meistens.

Bin schon so früh auf den Beinen, weil mein Sohn auf gemeinsamem Frühstück bestand. Er arbeitet heute mal vor Ort und muss nicht irgendwo in Norddeutschland unterwegs sein. Durfte mir wieder einen Spruch anhören: "Na, Mama, haste wieder schlecht gepennt oder kiffst Du neuerdings? Wie willst Du aussehen, wenn der erst mit Dir durch ist?"

Und heute muss/will ich schon wieder auf Weibergeburtstag ... ☺

Wenn Du mich auf Festnetz nicht erreichen solltest, das Notfallhandy ist im Moment aktiv! Erinnere mich knapp (Verstand ist geschrottet), dass Du was von Düsseldorf erwähntest. Soll ich vielleicht zum Treffen lieber nach Köln kommen? Ist für mich kein Problem und meine Eltern würden sich auch freuen, mich zu sehen. Hab noch ne Tochter in Leverkusen, die könnte ich in diese Planung gleich miteinbeziehen. Aber Hamburg ist für mich jederzeit möglich.

Gruß von Katharina

Mail von Katharina 15.11. um 9:23

Betreff: ausgeschlafener Gruß von Katharina

Hallo, Georg!

Habe vergangene Nacht tatsächlich mal wieder erholsam durchgeschlafen. Ein Zeichen dafür, dass sich die starken Gefühle für Dich doch in meinen Alltag integrieren lassen. Es besteht also noch Hoffnung.

Die Geburtstagsfeier war gestern ein kleiner Reinfall. Keine interessanten Leute. Der Kuchen war eher trocken (ob es an meinem mangelnden Appetit lag?) und der Kaffee geizig zugeteilt. Habe auch manchmal - trotz der schon langen Anpassungszeit - noch immer Schwierigkeiten mit dem ostfriesischen Temperament. Die können hier so stur sein, dass du die schütteln möchtest. Trotzdem fand mein Tag später einen netten unterhaltsamen Ausklang.

Mein Sohn hatte nach der Arbeit noch Lust aufs Gitarrespielen. Das vermisste ich in der Zeit als er in Hannover studierte sehr. Und seit Beginn seiner Lehre war er so stark mit der großen Umstellung beschäftigt, dass er überhaupt keine Musik mehr machte. Jetzt will er sich sogar wieder mit anderen Leuten zusammentun. Ich bin glücklich darüber, weil ich finde, dass ihm diese kreative Beschäftigung sehr gut tut. Außerdem liebe ich es, ihm beim Improvisieren und Komponieren zuzuhören. Er erlaubte mir, einen kleinen Text zuzusteuern. Und so hatten wir beide zwei Stunden großen Spaß. War eine schöne Abwechslung zu dem Stress, den so ein pubertierender Lümmel im Haus ansonsten macht. Gestern tat es mir fast leid, dass er sich bald eine eigene Bude suchen will.

Mir ist vorhin aufgefallen, dass Du meine Mail von gestern vielleicht missverstehen könntest. Mit ‚etwas anderes Zimmermädchen' meine ich natürlich nicht, dass ich mich für sexuelle Gefälligkeiten bezahlen lasse. Ich dachte da eher an meine berufliche Überqualifizierung. Es gibt wenig studierte Kolleginnen.

Nach meiner Scheidung musste ich sehr schnell eine Arbeit finden, die mich einigermaßen ernährte. Hab mich für diese Teilzeitstelle auf der Insel entschieden, weil sie mir viel körperliche Betätigung (kann das Fitnessstudio sparen) und gleichzeitig tolle - oft sehr persönliche - Kontakte zu interessanten Menschen bietet. Dass die überwiegend sehr jungen Kolleginnen und Kollegen so lieb und nett zu mir sein würden, konnte ich vorher noch nicht wissen, macht die Arbeit aber zur großen Freude.☺

Ich hoffe, dass Dir die kleinen Berichte aus meiner Welt nicht auf die Nerven gehen. Möchte damit nur einen Ausgleich schaffen, weil ich über Dich doch einiges im Netz finden konnte. Da bist Du eindeutig im Nachteil.

Danke fürs Zuhören. Bis bald mal.

Gehe heute in den Garten. Sehe dabei aber höchst unerotisch aus - nicht, dass Du Frauen beim Gärtnern auch schön findest ...

♥ - Gruß von Katharina

3.

Mail von Katharina 16.11. um 8:26

Letzter Gruß vor Köln

Lieber Georg!

Die Gartenarbeit hat mich gestern sehr schön entspannt. Wir hatten solch herrliches Herbstwetter, wie Du es wahrscheinlich in Berlin erlebtest. Ich habe die Weißdornhecke vor meinem Schlafzimmerfenster um ca. 20 cm gekürzt. Da sie stark verholzt war, ging das nur mit Astschere und dabei sträubte sie sich noch fürchterlich gegen die Verjüngungsaktion. Musste einige heftige Stiche hinnehmen - dafür hätte ich mir gefühlvollere Situationen gewünscht.

In welchem Alter sind eigentlich Deine Töchter? Machen sie auch schon Ärger oder sind sie noch ‚niedlich'. Keine Sorge, falls Du auch gerade mit den üblichen Problemen in der Pubertät der Kinder zu kämpfen hast: Das gibt sich früher oder später wieder - man weiß nur nicht wann!

Da Du noch nicht sagen konntest ob/wann Du mal Zeit für ein Treffen hättest, hab ich meinen Urlaub jetzt einfach geplant. Morgen fahre ich für fünf Tage nach Köln zu meinen Eltern und besuche zwischendurch noch meine schwangere Älteste in Leverkusen. Im Dezember soll ich Oma werden. Erscheint mir irgendwie verwirrend mit gefühlten Achtzehn. ☺

Das Wochenende darauf (Freitag, Samstag bis ca. Sonntagmittag) werde ich bei Lea in Hamburg sein.

Ich weiß, dass Du höllisch viel um die Ohren hast. Ist schlecht zum Anbahnen einer Freundschaft auf Entfernung.☹ Mach Dir aber keine Gedanken, wenn Du das Interesse nicht verlierst, ist von mir aus einiges an Kapazität vorhanden. Habe schließlich auf Langeoog meistens nur eine drei Tage Woche. Möchte mich ja von der Arbeit nicht knechten lassen, da verzichte ich lieber auf materielle Vorteile.

Kennst Du vielleicht "Gut gegen Nordwind" und "Alle sieben Wellen" von Daniel Glattauer? Findet man notfalls auszugsweise im Internet. Ist ne wundervolle außergewöhnliche Liebesgeschichte ziemlich originell aufbereitet ...

Deine schöne Stimme nochmals zu hören - würde mich glücklich machen! Bin heute in der Mittagszeit gut zu erreichen.

Herzliche Grüße von Katharina ♥

SMS von Katharina 19.11. um 18:12

Na, du! Hoffe, dass eure vorstellungen wieder sehr erfolgreich waren. Sende liebe grüße aus köln, auch von meiner mutter. Lust auf tel.?

Re-SMS von Georg 19.11. um 18:23

Vielen dank ... Geht nicht so gut gerade. Schwester schwere op. Anderer verwandter gestorben usw. usw. Meld mich nächste Woche ... Lieben gruß georg

Re-SMS von Katharina 19.11. um 18:30

Tut mir sehr leid! Denke in liebe an dich und die deinen. Ich kann warten. Katharina

Mail von Katharina 22.11. um 9:47

Betreff: Klopf ... klopf ...

Hallo, lieber Georg, ich hoffe, dass es Dir den traurigen Umständen entsprechend einigermaßen gut geht. Habt Ihr den lieben Verstorbenen inzwischen zur letzten Ruhe gebettet? Ich weiß, wieviel Stress mit einer solchen Angelegenheit verbunden ist - neben der überwältigenden Trauer. Es benötigt eine Menge Kraft, *endgültig* Abschied zu nehmen!

Hoffentlich hat Deine Schwester die schwierige OP schon gut überstanden und befindet sich auf dem Wege der Besserung. Ich habe bei meinen geliebten Eltern und auch bei meinem Ex-Mann mehrere solcher Situationen erlebt, bei denen es um Leben und Tod ging. Es läßt mich seitdem nicht unbeteiligt, wenn ich von derartigen Schicksalsschlägen im Leben meiner Mitmenschen höre. Sei gewiss, dass Du mein tiefstes Mitgefühl besitzt! Sollten meine Mails Dir bisher eher den Eindruck vermittelt haben, als sei ich ein oberflächliches vergnügungssüchtiges Geschöpf, das man in traurigen Tagen nicht kontaktieren kann, so tut mir das sehr Leid. Ich kann nämlich gut zuhören und bin eine ausgezeichnete Verbündete in schwierigen Zeiten - eben sturmerprobt!

Morgen fahre ich zu meiner Tochter und ihrem Lebensgefährten nach Hamburg. Sie haben einen großen sehr interessanten Freundeskreis und außerdem bietet die Stadt mir ja auch einige Abwechslung. Es dürfte also sehr kurzweilig werden. Kann Dir trotzdem nicht versprechen, dass mich meine Sehnsucht nach "Bodo" nicht wenigstens einmal in die Nähe Eures Theaters ziehen wird. Ich bin in Gedanken bei Dir!

Liebe Grüße von Katharina ♥

SMS von Katharina 23.11. um 22:14

Na, du? Wir sitzen beim italiener dem theater gegenüber. Kommst du vorbei?

Telefonat von Georg 24.11 um 14:28

„Na, Du?" „Hallo, Katharina! Hab Deine SMS leider erst zuhause gelesen. Tut mir Leid wegen gestern. Wo bist Du jetzt?" „Bin auf dem Weihnachtsmarkt mit meiner Tochter und ihrem Freund. Wir trinken Punsch und naschen ein wenig von den guten Sachen, die es hier gibt." „Oh, da war ich lange nicht mehr…" Husten! „Hab Dich gestern übrigens gesehen. In der kleinen Kneipe beim Theater." „Warum bist Du nicht reingekommen?" „Wollte nicht stören…" Er freundlich und sehr sanft: „Du störst mich doch niemals! - Leider hab ich eine starke Bronchitis. Muss meine Stimme schonen, wegen der Wochenend-Aufführungen. Ich melde mich wieder. Einen schönen Tag noch für Euch. Tschüss, Katharina." „Danke. Gute Besserung! Tschüss, Georg."

SMS von Katharina 25.11. um 22:30

Na, du … Hoffe, dass du die Anstrengung gut gemeistert hast. Wünsche dir gute besserung, einen ruhigen abend und süße träume. Liebe grüße von katharina

4.

Mail von Katharina 26.11. um 10:32

Betreff: Lieber Gruß aus Dornum

Hallo, lieber Georg!

Wie Du siehst, bin ich wieder heil Zuhause angekommen. Na, mit dem Zug von Hamburg ist das ja auch keine große Sache. Der war allerdings bis Oldenburg sehr voll und unruhig - den Rest der Strecke konnte ich pennen. Hatte etwas Schlaf nachzuholen. Zuviel Shopping, Eierpunsch, Rotwein, Schlemmen, Lachen, Feiern, Sehnsucht ...

Lea hat mir ihre alte Webcam geschenkt. Kann sie allerdings nicht installieren. Irgendwas stimmt da nicht. Ist wahrscheinlich ne falsche Installations-CD. Nun muss ich schon wieder warten, dass sich mein Herr Sohn mal bequemt ...☹

Gestern war er allerdings gut drauf. Freute sich richtig, dass ich wieder da war (obwohl ich ihn geweckt hatte) und es vernünftiges Essen gab. Der Kühlschrank war so leer, dass ich heute schon vor dem Frühstück zum Supermarkt musste. Na, ja, Jungen in der Pubertät haben eben viel Hunger.

Hatten gestern bis in die Nacht den ultimativen Love-Song kreiert! ♥☺♥ Den Grundtext schrieb ich in Hamburg. Mit vereinten Kräften haben wir dann was ganz Tolles daraus gemacht. Benny war sehr kreativ. Er hat ein paar Gitarrensaiten geschrottet und musste deshalb zum Schluss mit der E-Gitarre und Verstärker weitermachen - bis ich Kopfschmerzen bekam. Es ist was rausgekommen, was man zwischen Grönemeyer und Wersternhagen ansiedeln könnte. Hatte mir eigentlich erst noch was Härteres vorgestellt, war aber mit meinem ‚Schmuserocker' gestern nicht zu machen. Er will jetzt seine Kumpels mit einbeziehen. Musste ihm allerdings versprechen, dass ich mich als Texterin keinesfalls oute. Hab ich auch kein Interesse dran. Ich freu mich, wenn die Lümmels Spaß haben! ☺

Aber, nun zu Dir! Was macht die Bronchitis? Vielleicht solltest Du nicht so viel halbnackt auf der Bühne herumtanzen? Spaß beiseite! Ich weiß, dass man solche Sachen dringend auskurieren muss. Mein Bruder (starker Raucher) starb vor ein paar Jahren mit 48 nach einer schweren Bronchitis plötzlich an Lungenentzündung. Meine Mutter zieht seither seine beiden Kinder groß. Das ist wirklich ein Drama. ☹

Also, sieh zu, dass Du bald wieder <u>ganz</u> gesund wirst. Ich würde es nicht verwinden, wenn unser angedachtes Treffen ausfiele! Bleibe bitte am Ball mit Tel. Wir scheinen damit nicht das glücklichste Händchen zu haben ... Würde aber gern mal in aller Ruhe mit Dir sprechen ... Ich arbeite diese Woche Mittwoch, Donnerstag und Samstag.

Liebe Grüße von Katharina ♥

<u>Anhang</u>

Schicke Dir den Songtext. Du wirst ihn schon nicht ‚missbrauchen'. Ist auch ohne die tolle Vertonung von meinem Sohn ziemlich witzlos.

Dein Magnet zieht mich so an

(Benny und Katharina Schäfer, 25.11.)

1. Dein Magnet zieht mich so an –

bin verlor'n in deinem Bann.

Sag', wo ist nur mein Verstand?

Halt' seit Stunden deine Nummer in der Hand.

/:/ Doch, wenn ich dich seh',

dann scheint alles okay,

deine Lippen, deine Augen und dein wehendes Haar.

Doch, wenn ich dich seh',
zitternd vor dir steh',
strömt die Kraft aus deiner Wärme und du bist mir so nah.
Das ist wunderbar! /:/

2. In meinem Herzen kreist der Hammer.
Bin gefangen in dem Jammer.
Schmetterlinge schwirr'n im Bauch
und speiübel ist mir auch.
/:/ Doch wenn ich dich seh' ...

3. Meine Lenden sprühen Feuer,
auch das Teil, was lieb und teuer.
Meine Zunge sucht nach Worten
an den völlig falschen Orten.
/:/ Doch wenn ich dich seh' ...

4. Dein Magnet zieht mich so an –
bin verlor'n in deinem Bann.
Sag' wo ist nur mein Verstand?
Halt' seit Stunden deine Hand ...
/:/ Und wenn ich dich seh',

dann ist alles Okay,

deine Lippen, deine Augen und dein wehendes Haar.

Und wenn ich dich seh',

endlich vor dir steh',

strömt die Kraft aus deiner Wärme und du bist mir so nah.

Das ist wunderbar!/:/

<u>vergeblicherTelefonanruf von Katharina 26.11. um 15:25</u>

<u>Rückruf von Georg 26.11. um 16:00</u>

„Na, Du?" „Hallo, Katharina! Ich rufe vom Bahnsteig an. Bin auf dem Weg nach Berlin zu meinen Töchtern. Was machst Du so?" „Ich bin gerade im Garten. Gehe mal eben rein. Die Nachbarn müssen ja nicht alles mithören!" „Bei mir kann jeder alles mithören – habe keine Geheimnisse." „Ich schon ... manchmal. Die sind hier alle sehr neugierig." „Geht es Dir gut?" „Ja, wenn ich frei habe, mache ich immer ein Mittagschläfchen." „Schön, ich muss hinterher zu einem Reitkurs auf Rügen. Brauche ich für eine Filmrolle, die ich unbedingt haben möchte. - Du, der Zug kommt gerade. Muss jetzt Schluss machen." Sehr sanft: „Leg Dich doch einfach wieder hin. Bis später..."

Mail von Katharina 27.11. um 18:16

Betreff: Gruß nach Berlin

Lieber Georg!

Hatte heute viel in Haus und Garten zu tun. War ja in meinem Urlaub soviel unterwegs, dass zuhause alles liegengeblieben ist. Benny ist auch kein geborener Hausmann - eher ein Macho. Er wurde ausschließlich von meinem Ex erzogen. Ich hatte da keine Chance "zwischenzukommen". Als Benny noch nicht mal ein Jahr alt war, erkrankte sein Vater unheilbar an Krebs. Es hieß, dass er nur noch zwei Jahre leben würde. Ich drehte total am Rad. Alle Kinder noch klein, unser Haus im Bau, in Bensersiel zwei große Ferienhäuser zur Bewirtschaftung. Ich hatte keinerlei Hilfe und niemanden, der mir beistand.

Während mein Ex in Köln seine schweren Therapien durchzog, schlug ich mich direkt hinterm Deich mit meinen Kindern durch - ohne wirklich zu leben. Ich war ein Zombie. Ich kann Dir über diese Zeit und auch über manches weitere Jahr, was seitdem folgte, überhaupt nichts sagen. Diese Abschnitte sind in meiner Erinnerung nicht mehr vorhanden. Ist vielleicht auch besser so.

Aber ich will jetzt überhaupt nicht jammern. Ich wollte das eigentlich gar nicht schreiben. Es überkam mich im Moment.

Jedenfalls überlebte der Vater meiner Kinder wie durch ein Wunder bis heute. Er wurde sofort von seinem Arbeitgeber in Pension geschickt und war um Jahre gealtert. Seine Gebrechen und die Nebenwirkungen der starken Chemotherapie waren vielfältig. Da er nicht mehr arbeitete, stürzte er sich mit all seiner Liebe und Aufmerksamkeit auf seinen kleinen Sohn.

Benny ist deshalb etwas anders, als andere Kinder. Er hatte übermäßigen Vaterkontakt. Als mein Ex mich nach einer langen sehr schwierigen Ehe verließ, weil er eine homosexuelle Partnerschaft eingehen wollte, war Benny völlig neben sich. Er blieb bei mir, obwohl die Bindung an seinen Vater viel größer war. Ich habe sehr um eine normale Beziehung zu meinem Sohn ringen müssen, zumal er in der Pubertät war (ist). Heute klappt es glücklicherweise gut mit uns, wenn es auch nicht immer einfach ist - für ihn nicht und nicht für mich.

Mache jetzt lieber Schluss. Bin seit gestern in einer seltsamen Stimmung. Habe schon darüber nachgedacht, dass mit ‚Bodo' alles einfacher gewesen wäre ...

Ich wünsche Dir eine schöne Zeit mit Deinen Töchtern in Berlin und viel Erfolg und Spaß beim Reiten. Vergiss Deine Gesundheit nicht!!!

Liebe Grüße von Katharina

Mail von Katharina 29.11. um 20:40

Betreff: Hallo!

Hallo, Georg!

Hatte zwei vergnügliche Arbeitstage mit meiner Lieblingskollegin. Sie ist eine wirklich nette und temperamentvolle Ostfriesin mit dem Herzen auf dem rechten Fleck. Ich genieße jede einzelne Stunde mit ihr! Außerdem schlug mir schon am Mittwochmorgen auf der Fähre eine Welle von Sympathie entgegen. Alle schienen sich zu freuen, dass ich wieder da war, und ich wurde von den sonst sehr zurückhaltenden vietnamesischen Mitarbeitern sogar mit Handschlag begrüßt.

Ich fahre seit zweieinhalb Jahren mit den Pendlern nach Langeoog und viele, die zu Anfang auf mich fremd und unnahbar wirkten, sind jetzt gute Bekannte - wenn nicht sogar Freunde - geworden. Wir vermissen uns gegenseitig, wenn eine/einer von uns krank oder im Urlaub ist. Für gemeinsame Freizeitaktivitäten besteht jedoch keine Basis und keine Gelegenheit. Die meisten sind auf 6-Tage-Woche. Da benötigt man den freien Tag dringend für wichtige Erledigungen und zum Ausschlafen. Durch die langen Fahrzeiten und die schwere körperliche Arbeit ist ein ‚Feierabend' so gut wie nicht vorhanden. Also findet das Privatleben auf der Fähre statt. Hier wälzt man seine Probleme, feiert Geburtstage und Jubiläen, schimpft über den Chef oder über die Familie zuhause. Es ist eine ganz eigene Welt, die mich immer mehr fasziniert, je tiefer ich in sie eindringe. Dass ich mich hier inzwischen so zugehörig und geborgen fühlen würde, ahnte ich nicht einmal ansatzweise.

Körperlich hat der heutige Arbeitstag mich leider fast an die Grenze der Belastbarkeit gebracht. Der Fahrstuhl im Hotel war kaputt und so sind wir von morgens bis abends mit vollen Wäschekörben die Treppen rauf und runter gerannt. Mich schmerzen im Moment Muskeln und Knochen, von denen ich gar nicht wusste, dass ich sie besitze.☹

Wie war Dein Reitunterricht? Hast doch hoffentlich keine Schwielen an Deinem schönen ‚Sahnebonbon-Popo' bekommen? (Du erinnerst Dich, dass ich ihn schon gesehen habe?)

Was ist das eigentlich für ne Rolle, die Du dann spielen sollst. Ich stehe sehr auf den einsamen Reiter im Sonnenuntergang oder auch auf Old Shatterhand oder den Ritter auf dem weißen Pferd ...

Kannst ja mal wieder anrufen, wenn Du Zeit und Lust hast. Vielleicht nicht gerade vom Bahnsteig - klingst dann so unnahbar. Das macht mich ganz wuschig. Bin eben in Dich verliebt.

Ich wünsche Dir einen schönen Abend.

Liebe Grüße von Katharina ♥

Mail von Katharina 1.12. um 22:24

Betreff: Bild ohne Pinsel

Hallo, lieber Georg!

Heute bekommst Du nun endlich ein Foto. Musste meinen Sohn schlagen und bestechen, damit er sich bereit erklärte, es mit seinem iPhone aufzunehmen.

Bin nicht besonders gut getroffen. Du kannst Dir denken, wie das wieder ablief - aber einen Fotografen kann ich mir nicht leisten. Vielleicht fällt es Dir nun leichter, die Erinnerung wachzuhalten. Ich habe ein Foto (mit blauem Bademantel) von Dir als Hintergrundbild auf meinem PC und eine Porträtaufnahme (mit sehr schönen Augen) neben meinem Bett. Komme mir schon vor wie ein Teenager, der seinen für ihn unerreichbaren Lieblingsstar verehrt. Aus purer Verzweiflung umfahre ich die Konturen Deines Gesichtes (andere ‚edle Teile' sind ja leider geschickt verborgen), besonders Deiner sinnlichen Lippen, mit der Computermaus.

Hatte heute wieder einen sehr schönen Arbeitstag (Fahrstuhl war repariert!) mit einigen Glücksmomenten und reichlich Trinkgeld. Wir haben eine große Hochzeitsgesellschaft im Hotel. Der Dienstplan hing auch schon. Habe ab morgen bis einschließlich Donnerstag frei!

Es wäre ganz toll, wenn ich Dich in der Zeit wenigstens mal für ne Stunde treffen könnte. Bin bereit, dafür extra nach Hamburg oder wohin auch immer zu kommen. An mir nagt die blanke Angst, dass ich mich in eine Illusion versteige. Benötige jetzt unbedingt einen Beweis Deiner <u>körperlichen</u> Existenz.

Liebe Grüße und melde Dich bitte schnell, wenn Du noch Interesse hast!

Katharina ♥

Anhang

Foto von Katharina ohne Pinsel

SMS von Katharina 3.12. um 22:06

Na, du? Bist du am anderen ende der welt? Oder wieder irgendwo eingepennt? Oder geht es dir nicht gut? Oder … Lg von katharina

Re-SMS von Georg 3.12. um 22:14

In münchen … Nachtdreh

Re-SMS von Katharina 3.12. um 22:20

Schade! Zu weit! Bis irgendwann, irgendwo …

5.

Mail von Katharina 12.12. um 23:18

Betreff: Na, Du?

Hallo, Georg!

Hab festgestellt, dass ich weder besonders geschickt im Flirten bin, noch sehr geduldig beim Warten!

Kannst Dir nach allem, was ich Dir so geschrieben habe (wenn Du denn überhaupt die Geduld aufgebracht hast, das dumme Zeug zu lesen), denken, dass ich von ‚richtigen' Männern seit vielen Jahren keine Ahnung mehr habe. Sollte vielleicht einen Flirtkurs belegen oder mich in ‚Verliebt im Norden' einloggen? Der Film ‚Die nackte Wahrheit' hat es jedenfalls nicht gebracht. Und mein Sohn hat mich heute total desillusioniert, indem er auch den anderen Streifen, die ich manchmal im Fernsehen anschaue (wenn ich nicht schon nach der Tagesschau einschlafe) jegliche Ähnlichkeit mit der Realität absprach.

Es gibt ein paar Handwerker unter den Pendlern, die mich manchmal interessiert ansehen. Aber ich war meistens zu ängstlich, um darauf einzugehen. Nach unserer Begegnung ist das ein bisschen anders geworden. Habe sogar Komplimente bekommen. Ich fühle mich viel jünger und wieder so lebendig. Danke dafür!

Es liegt mir sehr viel an Dir. Ich halte Dich für einen gestandenen lebenserfahrenen Mann mit einer ‚reinen Seele'. Habe immer gehofft, dass es sowas gibt. Ich weiß, dass Männer im allgemeinen über ihre Seelen nicht reden wollen, geschweige denn, einem Fremden Einblicke erlauben. Aber Deine Augen haben Dich mir ‚verraten'. Egal, was Du darüber denkst oder weißt, das macht es für mich nicht gerade einfacher! Es wäre vor diesem Hintergrund sehr hilfreich, wenn Du mir offen sagtest, was diese ‚Sache' mit uns für Dich eigentlich ist.

Warum sollte ich mich länger mit diesen tiefen Gefühlen herumschlagen, wenn es gar keinen realen Adressaten gibt? Wenn Du nur von meinen ungeschickten Annäherungsversuchen genervt bist? Sag mir bitte offen, ob Du (warum auch immer) lieber Deine Ruhe vor mir haben möchtest. Ich kenne durch meinen Sohn eine bestimmte Taktik, mit der er sich zu anhängliche Mädchen vom Leib hält. Er sitzt es aus, bis sie von selbst abspringen.☹

Wenn Du netter bist, könnten wir ‚die Sache' mit Deiner Hilfe stark abkürzen.

Fühle mich im Moment hin- und hergerissen zwischen "Girl on fire" (Alicia Keys) und "Amour" (Rammstein). Das ist anstrengend. Sei bitte so lieb, mir eine kleine *ehrliche* Antwort zu schicken - egal, wo Du jetzt bist und wie beschäftigt auch immer! Will gerne noch ‚durchhalten', wenn es sich *wirklich* nur um ein Zeitproblem handeln sollte und ich mit meiner obigen Vermutung falsch liege ...

Lieber Gruß von Katharina

Re-Mail von Georg 12.12. um 23:58

... **Ich kann im Moment nicht ... Toll bist du, und deine Mails sehr, sehr schön . Aus einer Vielzahl von Gründen kann ich gerade nicht anders ... irgendwann tel.**
Lieben Gruß, Georg
Von meinem iPhone gesendet

Mail von Katharina 13.12. um 17:44
Betreff: Alles ist gut!

Lieber Georg!
Seit ich heute Deine Antwort las, kreist die kleine Windmühle wieder in meinem Solarplexus. Das ist nach meiner bisherigen Erfahrung wieder mit

Appetitmangel und Aufgekratztheit verbunden. Ja, ich kenne mich nun schon ein bisschen mit den Stürmen der Liebe aus, die meinen Körper je nach Situation beuteln. Mit Schlafstörungen werde ich wohl eher nicht zu rechnen haben. Die könnten nur einsetzen, wenn ich heute Deinen Anruf erwartete, wovon ich zu einem großen Prozentsatz aber leider nicht ausgehe ... ("irgendwann...").
Ich hoffe, dass Deine Probleme sich bald lösen lassen - worum es sich auch immer handeln mag. Es würde mich freuen, Dich über Weihnachten in einer glücklichen entspannten Atmosphäre zu wissen! Vielleicht helfen (oder lindern) ein paar Lichtstrahlen aus meiner Seele?♥
Muss mich leider heute kurzfassen. Ab morgen habe ich sechs Arbeitstage an einem Streifen abzuleisten. Das schaffe ich nur, wenn hier zuhause alles bestens vorbereitet ist. Ich stehe dann morgens um kurz nach vier auf und komme abends oft erst nach neunzehn Uhr zurück. Vielleicht habe ich etwas mehr Glück, weil unsere strenge Chefin Urlaub macht. An der Rezeption sitzt in der Zeit ‚unser Alexander', der ist erst 29 und äußerst lieb und charmant zu uns. Er fragt mich immer, wie es mir geht und nennt mich ‚seine Butterblume'. Ich arbeite morgen allein,

vielleicht kann ich ihn überreden, mich eine Fähre eher fahren zu lassen, wenn wenig los ist.
Am Nachmittag war wieder zwei Stunden ‚telefonische Schwangerschaftsberatung' bei meiner Tochter Hannah in Leverkusen angesagt. Ich hoffe, das Kind kommt bald. Für sie ist es nicht mehr gut auszuhalten! Jetzt muss ich die Zeit schnell reinholen. Na, ja, die Kinder gehen bei mir eben immer noch vor.
Ich denke in Liebe an Dich und bin heilfroh, dass es Dich gibt - wo auch immer! Du verstehst es, mich auf Deine kurzgefasste Art sehr anzurühren.
Herzliche Grüße von Katharina ♥

Mail von Katharina 14.12. um 5:07

Betreff: fliegen

Es fühlt sich wie fliegen an ... So leicht muss Liebe sein! (Max Herre) Katharina ♥

Mail von Katharina 15.12. um 18:51

Betreff: Endlich!

Lieber Georg!
Seit heute 13:58 Uhr gibt es ein neues geliebtes männliches Wesen in meinem Leben. Er heißt Aaron, wiegt 3500 g und ist 52 cm groß - mein süßer erster Enkel! Ich bin sehr aufgeregt und

glücklich. Im Moment warte ich auf den Anruf meines Schwiegersohnes, um alles genau zu erfahren. Vielleicht schickt er mir außerdem ein Foto.☺

Es ist seltsam, gleichzeitig Oma zu werden und von solch extrem kraftvollen Liebes-Energien geplagt zu sein, die ich nur aus spirituellen Büchern kenne. Nun soll, nach allem was ich dort las, Liebe auf menschlicher Ebene nur eine Spiegelung der göttlichen Liebe sein. Ehrlich gesagt: Das kann ich mir seit ich Dich traf vorstellen!!!

Keine Angst, ich bin keine esoterische Spinnerin. Bin immer nur auf der Suche nach dem Sinn des Lebens (und den hatte ich phasenweise überhaupt nicht mehr auf dem Schirm) auf interessante Bücher gestoßen (worden?). Alles was ich je gelesen habe, wurde von mir auf Brauchbarkeit für meinen Alltag überprüft und dann entsprechend vergessen oder abgespeichert. Daraus hat sich im Laufe von vielen Jahren meine ureigene Lebensphilosophie entwickelt. Es waren daran aber nicht nur Bücher sondern auch viele Menschen und Erlebnisse beteiligt.

Seit kurzem bin ich nicht mehr auf der Suche - und nun begegnete ich Dir! Wenngleich ich nie einen ‚Lehrer' oder Guru wollte, könnte ich in meiner jetzigen Situation vielleicht gut einen gebrauchen. Ich befürchte, dass meine Kundalini (Wurzelchakra) erweckt wurde. Darüber habe ich viel Furchterregendes gelesen. Ich weiß aber nicht genau, wie man damit umgeht. Wenn Du spirituell ‚unbeleckt' bist, wirst Du nun nicht wissen, warum ich mich darüber aufrege. Es hat eher einen praktischen Grund: Damit kann ich nur schlecht arbeiten, und ich kann mich ja nicht wegen Liebe krankschreiben lassen.

Nun bin ich eine Frau und kann Dir als Mann ja nicht wirklich nachvollziehbar erklären, was in meinem Körper durch diese Kräfte ausgelöst wird. Außerdem ist es eigentlich viel zu intim für den gegenwärtigen Stand unserer ‚Sache'. Am ehesten verstehst Du es wohl, wenn Du an eine Dauererektion denkst. Ich wusste nicht, dass es etwas Vergleichbares bei Frauen überhaupt gibt. Und weiß noch weniger, mit wem ich darüber reden könnte. ☹

Um Himmelswillen, was schreibe ich heute wieder zusammen? Sieh zu, dass das niemand außer Dir liest. Es wäre mir peinlich.

Also: Die Kräfte der Liebe haben eine neue Qualität. Ich hoffe sehr, dass ich das diesmal noch in meinen Alltag integrieren kann. Leider ist außerdem der Fahrstuhl auf der Arbeit wieder kaputt. Es wird noch mindestens bis Montag dauern. Glücklicherweise ist Alexander so lieb und ver-

ständnisvoll, dass er uns fast immer früher gehen lässt. Er hat heute sogar die Sauna einmal für uns geputzt, damit wir abhauen konnten.☺
Hoffentlich hab ich Dich jetzt nicht verwirrt. Du hast ja auch bestimmt größere Probleme, die gelöst werden müssen. Danke trotzdem, dass Du mir immer zuhörst. Ich habe beim Schreiben das Gefühl, Dir sehr nahe zu sein. Deshalb sind meine Mails immer so unverschämt lang. Ich kann mich so schlecht trennen.
Liebe herzliche Grüße - bis bald wieder
Katharina ♥

Mail von Katharina 16.12. um 5:30
Betreff: Kleiner Morgengruß

Guten Morgen, Georg!
Konnte mich gestern Abend nach all der Aufregung (dank einiger effektiver schon fast vergessener Übungen) doch ganz gut entspannen. Fühle mich sehr frisch und jung und sehe nach einer ruhigen Nacht auch im Spiegel (ganz ungeschminkt - wie meistens) heute erstaunlich aus!

Die Kräfte im Unterleib sind etwas sanfter geworden. Ich denke übrigens dabei (fast) überhaupt nicht an Sex, obwohl das naheläge. Mein Universum ist rosarot und so voller Liebe, dass

mich jeder Mensch darum beneiden müsste, wenn er es nachvollziehen könnte. Wusstest Du, welche großen Geschenke Du mit Deinen wundervollen Augen machen kannst?☺
Ich wünsche Dir von Herzen einen schönen Sonntag!!! Sei ganz lieb gegrüßt und geknuddelt von einer dankbaren Katharina ♥

6.

Mail von Katharina 16.12. um 21:36
Betreff: Sehr müde ...

Hallo, mein Lieber!
Die verdammten Treppen haben mich heute geschafft! Bin noch auf der Fähre eingenickt. Wir hatten wieder sehr niedriges Wasser und die Fahrt zog sich endlos dahin ...
Meine Kollegen waren heute alle ganz lieb zu mir. Sie herzten und drückten mich, um mir zu gratulieren, weil ich ja "Omma" geworden bin. Alexander meinte sogar, dass ich mich nun etwas mehr schonen müsse.
Er ist total genervt von dem kaputten Fahrstuhl. Da unsere Chefin nicht da ist, kann keiner die Handwerker richtig zusammenstauchen, damit es schneller geht. Ich hätte es mir zwar zugetraut - kann ganz schön giftig werden, wenn es sein muss - aber das übersteigt meine Kompetenz in dem Laden. Und Alexander hat mich nur sehr nachdenklich angeschaut. Hat wohl gemerkt, dass wir ihn für ein Weichei halten.
Leide noch immer unter den Strömen der Liebe. Da wir in den vielen Abreisezimmern heute wieder laut Musik anhatten (Es lässt sich dann besser arbeiten.) kamen enorme rhythmische Schwingungen hinzu. Es fühlte sich an, als ob

jede einzelne Zelle meines Fleisches – besonders der Unterleib - zu der jeweiligen Musik vibrierte. Das ist toll und faszinierend, wenn die Musik stimmt - wenn nicht, ist es kaum zu ertragen! Mein Körper fühlt sich heute sehr müde und gebeutelt an. Werde für Entspannung sorgen müssen und dann hoffentlich schnell einschlafen ...
Bist sicher auch müde nach der anstrengenden Woche? Schade, dass wir nicht gemeinsam ‚Wunden lecken' können.
Sei ganz lieb gegrüßt von mir

Mail von Katharina 17.12. um 21:31
Betreff: noch müder ...

Hallo, Du Lieber!
Hatte wieder einen anstrengenden Tag. Der Fahrstuhl war erst repariert, als wir die Arbeit auf der Etage beendeten. Hat uns deshalb für heute nichts gebracht. Beim Wäschefalten und Mangeln in der Waschküche stellten wir dann fest, dass sich eine Maus hierhin verirrt hatte. Es bereitete einige Mühe, sie mit einer Falle unschädlich zu machen. Der kleine Nager war so zäh, dass er mitsamt dem Teil in die hinterste Ecke unter den Regalen ausbüxte. Wir mussten erst 'ne Taschenlampe besorgen, um ihn zu orten.

War ziemlicher Stress bis wir das Tierchen leicht lädiert wieder in Freiheit setzen konnten. Die Mädchen vom Service, die wahrscheinlich durch Rauchen mit offener Waschküchentür die ganze Situation verursacht hatten, rannten laut kreischend hin und her.
Es war alles sehr nervig! Gut, dass wir wenigstens nochmal früher Feierabend machen durften. Damit wird es Mittwoch endgültig vorbei sein, dann ist die Chefin wieder da.☹
Heute beim Aufwachen kam mir plötzlich der zündende Gedanke, warum ich unter diesen starken spirituell anmutenden Kräften leide. Meine Gefühle sind eher spiritueller Natur als natürlich-menschlicher, weil sie jeglicher Körperlichkeit entbehren! Auf dem spirituellen Weg benötigt man nämlich in der Hauptsache deshalb einen Lehrer, weil GOTT für uns Menschen so abstrakt ist, dass wir Schwierigkeiten mit IHM als Objekt unserer Liebe haben. ER antwortet uns nicht, auf unsere Fragen. Wir können IHN nicht persönlich sehen. Wir wissen nicht, wie ER sich anfühlt, wie ER riecht oder schmeckt, was ER ganz allgemein oder besonders über uns denkt und mit uns vorhat. Der Lehrer stellt deshalb eine reale Bezugsperson in unserer Wirklichkeit dar und hilft uns, trotz aller Zweifel an der Liebe GOTTES, durchzuhalten. Phasenweise lieben die

Menschen ‚auf dem Weg' den Lehrer mehr als GOTT, aber wenn sie eine gute Wahl getroffen haben, wird er sie am Ende genau dorthin weisen (abgeben).

Nun stehe ich mit einer derart abstrakten Liebe ohne irgendeine reale Bezugsperson da. Vielleicht hätte ich auch schon das Interesse verloren, aber die kleinste Regung von Deiner Seite bringt jedesmal mein gesamtes Universum in Aufruhr. Ich fühle mich sehr hilflos. Die Kräfte im Unterleib waren - trotz aller intellektuellen Erkenntnisse - heute kaum auszuhalten. Das Arbeiten lenkte mich auch nicht davon ab. Ich wünsche mir die ‚kleine Windmühle' wieder zurück, die war besser zu ertragen und hat mir nicht so viel Angst gemacht.

Ich weiß, dass sich das alles saublöd anhört. Ist aber die reine Wahrheit. Bin auch schon auf die Idee gekommen, dass ich einfach nur ‚geil' sein könnte. Falls Du das jetzt genauso denken solltest. Das Gefühl kenne ich aber (wenn es auch lange zurückliegt) und das momentane ist allumfassender, mir eher unverständlich, unbekannt und entzieht sich meinen Versuchen der Befriedigung. Hoffe im Augenblick darauf, dass unsere ‚Sache' durch etwas mehr Normalität stark vereinfacht werden könnte. Ich glaube, dass uns zusätzliche Probleme eigentlich nicht gut tun.

Da ich mich von Anfang an ohne Erwartungen in dieses ‚Abenteuer' stürzte, sollte wohl die Möglichkeit bestehen, ihm wieder eine gewisse Leichtigkeit zu verleihen. Ich überlege, wie das gehen könnte. Leider muss ich das ja nun allein tun - als einsame Wölfin!

Heute ist mir bewusst geworden, dass ich privat nicht gerade viel über Dich weiß. Wundere mich immer wieder, wie viel Vertrauen ich Dir trotzdem entgegenbringe. Ich fühle mich Dir nicht eine Spur fremd. Ist doch komisch oder? Liegt vielleicht aber auch an der Anonymität. Bist Du nur mein ‚Sorgentelefon'? Gut, dass wir uns damals persönlich und nicht im Internet getroffen haben, sonst würde ich gänzlich verzweifeln.

Mach Dir nichts daraus, dass ich heute so schräg drauf bin. Hab viel gearbeitet und bin eben auch nur eine Frau, die mal in den Arm genommen werden möchte.

Sei ganz lieb gegrüßt von mir und vielen Dank fürs Verständnis!

Re-Mail von Georg 18.12. um 00:43

Deine Mails sind wunderbar... alles. Und machen mir einen Ständer...
Von meinem iPhone gesendet

Mail von Katharina 18.12. 20:38
Betreff: Hilfe!!!

MEIN LIEBER!!!
Diese Nachricht war ja nicht gerade hilfreich! Ich schaue morgens ganz unbedarft nach meinen Emails, weil ich auf das Foto von meinem Enkel warte, da springt mir Deine Antwort mitten ins Gesicht - um nicht zu sagen: in den Unterleib!

Was hab ich Dir geschrieben von den starken unberechenbaren Kräften der Kundalini?
- Haste nicht zugehört?
- Haste keinen Respekt vor den Urkräften des Universums?
- Oder willste partout mein Guru werden?
Ich warne Dich, das ist für den Lehrer nicht weniger riskant als für die Schülerin! Meine Welt ist außerordentlich vielschichtig und kompliziert.
Wenn Du mich weiterhin so im eigenen Saft brätst, könnte ich allerdings noch vor dem prophezeiten Weltuntergang (am 21.12.) die ‚Absolute Wahrheit' erreichen! Ich gebe zu, ein für mich nicht ganz uninteressanter Gedanke. Außerdem wärst Du mit großem Abstand der liebenswerteste süßeste Guru von allen, die ich jemals zur Wahl hatte.

Jetzt folgt meine Rache auf schnellem Fuß. Du sollst es gleich lernen, was es mit diesen verdammten Kräften auf sich hat!

Konnte heute fast nicht mehr klar denken, geschweige denn vernünftig arbeiten. Meine nette Kollegin hatte sehr unter meiner Fahrigkeit und Aufgekratztheit (infolge des erhöhten Adrenalinspiegels) zu leiden. (Muss das unbedingt wieder irgendwie gut machen!) Den ganzen Tag schoss mir Deine Nachricht von allen Seiten durch den Kopf. Ich hatte jede Menge Betten zu beziehen und dachte *ausschließlich* an Sex!

Beim Arbeiten tragen wir schwarze Kittel, die einigen Fantasien Raum geben. Es war nicht auszuhalten!!! Außerdem konnte ich kaum vernünftig laufen, weil mein Unterleib ‚in Flammen stand'. Es war hart an der Schmerzgrenze. Suchte mehrfach die Toilette auf, um mich zu überzeugen, ob wirklich alles in Ordnung war. Mir schoss der Gedanke an einen Scheidenkrampf blitzartig durch den Kopf. Musste aber immer wieder feststellen, dass sich meine Lustmuschel warm, samtig-weich und angenehm feucht anfühlte - geradezu aufnahmebereit (Saß das??? ☺).

Ich werde Dich lehren, mir das Leben schwer zu machen, BURSCHE!!!

Bin wahnsinnig in dich verliebt und habe gleichzeitig ein bisschen Angst vor allem was kommen mag. HILFE!!!
Ab Donnerstag habe ich glücklicherweise wieder vier Tage frei. Über Weihnachten (24.,25. u. 27.12.) muss ich leider arbeiten. Das ist bei uns immer so, wir haben viele Weihnachts-Stammgäste. Es gibt dann meistens reichlich Trinkgeld und auch kleine Geschenke.
Lassen wir es für heute mal gut sein. Muss unbedingt etwas Schlaf nachholen. Morgen ist die Chefin wieder da, Alexander hat Urlaub und ich arbeite ganz allein.☹
Denke aber jetzt nur nicht, dass Du Dich überhaupt nicht mehr melden sollst. Brenne nach Deinen kleinen Feedbacks! Du wirst doch sicher nicht riskieren, dass ich das Interesse an unserer ‚Sache' verliere?
Sei geküsst von weichen warmen Lippen - wo immer Du willst. ♥

Mail von Katharina 19.12. um 20:17
Betreff: Gute Nacht!

Hallo, Liebster!
Kann heute nicht lange schreiben, mir fallen fast die Augen zu. Bin froh, dass die sechs Arbeitstage endlich beendet sind!

Auf der Fähre hatte ich heute Schwierigkeiten, mir eine Horde Bauarbeiter von der Pelle zu halten. Sie mischten sich morgens dauernd in Lauras und mein Gespräch ein. Da hab ich sie mal gehörig in ihre Schranken gewiesen. Das hat die wohl so angemacht, dass sie auf der Rückfahrt schon wieder an uns klebten. War froh, dass ihr Wagen nicht auf dem großen Parkplatz stand, sonst hätten die noch den selben Weg gehabt.
Ich glaube, mein fürchterlicher Zustand macht inzwischen auch andere Männer geil. Scheiße!!!☹
Ich hoffe, dass es Dir gut geht und Dein ‚Ständer' von Fräulein Faust bestens versorgt wurde. Würde heute gern in Deinem Arm einschlafen ... Vielleicht träume ich mal wieder von Dir, Du Süßester... ♥
Morgen wahrscheinlich mehr!

7.

Mail von Katharina 20.12. um 14:10
Betreff: Wochenendplanung

Liebster Georg (kenne zwar keinen anderen näher, kann mir aber auch absolut nicht vorstellen, dass es einen lieberen, netteren oder anziehenderen Georg in dieser Welt gibt)!
Konnte vergangene Nacht nicht besonders gut schlafen, war todmüde, wurde aber dauernd - von großer körperlicher Sehnsucht gebeutelt - wieder wach. Ich weiß nicht, wie lange man sowas durchhalten kann - jedenfalls ist es für mein frisches Aussehen Gift!
Morgens musste ich Frühstück machen (war dann auch nichts mit dem Ausschlafen), weil Benny mich die letzten Tage kaum zu Gesicht bekam und nun Zuwendung forderte. Beim Frühstück erzählt er mir gern von seinen verschiedenen Aktivitäten usw. Musste mir also anhören, wie weit er und sein Freund mit dem Autoschrauben an dem vor zwei Wochen geschrotteten BMW-Cabrio sind. Musik macht er leider seitdem nicht mehr - schade!
Außerdem gingen wir die Fußballtabelle durch. Sieht ja für die Schalke- und Bremen-Fans in unserer Familie nicht so gut aus. Hab Benny natür-

lich nicht erzählt, dass ich einen BVB-Weihnachtsmann für Alexander in meinem Schlafzimmer versteckt halte. Den nehme ich Weihnachten mit ins Hotel. Alexander ist so nett, dass ich mich damit - über alle Fußball-Zwietracht hinweg - bei ihm für die gute Zusammenarbeit bedanken möchte. Er wird es zu würdigen wissen.

Da ich morgen mit meiner alten Freundin Elita (76) nach Hamburg fahre und erst am Sonntag wieder zurückkomme, musste ich in Windeseile alle Einkäufe bis zum 28.12. (dann hab ich erst wieder frei) erledigen. Außerdem sollte noch wichtige Post raus. Gegen die Wäscheberge kämpfe ich nebenbei an. Bin froh, dass ich meinen alten Wäschetrockner habe. Das Ding ist unverwüstlich! Dann stehen heute noch Saubermachen, Kochen und Kofferpacken auf dem Programm.

Lea und ihr Lebensgefährte fahren am Wochenende nach Köln zu meiner Mutter, deshalb ist ihr Haus leer. Elita und ich haben dort sturmfrei! Es gibt sogar ein Wasserbett. Hätte ich gewusst, wie sich unsere ‚Sache' entwickelt, hätte ich Elita vielleicht Zuhause gelassen. Aber sie tut mir immer so leid, weil sie seit dem Tod ihres Mannes so einsam ist. Ich habe ja über Weihnachten keine Zeit für sie, deshalb bekam sie von mir die Einladung nach Hamburg. Wir schauen uns Freitagabend Eure Vorstellung an. Elita ist nämlich eine echte Spaßbremse was meine Verliebtheit angeht. Sie meint, dass ich mich ‚wegwerfe'. Ich solle mir ‚was Solides' suchen, weil ich doch genug Kummer gehabt hätte. Außerdem wäre ein Handwerker für sie und mich besser, weil wir ja die alten Häuser hätten ... blah, blah, blah! Sie ist echt schlimmer als eine Gouvernante! Deshalb dachte ich, dass es gut wäre, wenn sie Dich mal auf der Bühne sähe. Du wirkst ja nicht gerade wie ein ‚schlimmer Mann', vor dem ich mich hüten müsste. Sie weiß natürlich nicht, was wir uns so schreiben!

Am Samstag möchten wir in Hamburg auf den Weihnachtsmarkt usw. Für Sonntag steht die Hundertwasser-Ausstellung in Bremen auf dem Programm. Ich weiß nicht, ob Elita das alles schaffen wird, aber wir sind ja unabhängig und können jederzeit improvisieren. Da ich Montag wieder zeitig aufstehen muss, wollen wir am frühen Nachmittag nach Hause fahren.

Leas Zuhause ist von der Innenstadt recht weit entfernt, ich weiß aber schon, wie ich mit den öffentlichen Verkehrsmitteln hinkomme und notfalls nehmen wir ein Taxi.

Also, nun kannst Du ‚Bodo' ganz lieb von mir grüßen und ihn ‚vorwarnen', dass ich ihn besuchen werde. Ich möchte ihn ja nicht ‚überrumpeln'! Vielleicht erlaubt er Dir, mich nach der Vorstellung auf ein paar Worte zu sehen? Mehr wird es wohl nicht werden, wenn Elita dabei ist. Oder wir müssten sie schnell zu Lea nach Hause bringen. Sie wird ohnehin sehr müde sein! Es ist alles so verzwickt. Aber, wenn am 21. tatsächlich die Welt untergehen sollte, möchte ich wenigstens in Deiner Nähe sein!
Sei von mir ganz lieb gegrüßt und zärtlich geküsst ♥

<u>*Mail von Katharina 20.12. um 20:42*</u>
Betreff: Ausflug ins Blaue ...

Hallo, Liebling!

Bin jetzt endlich mit der Arbeit fertig. Hab mich auch für mein morgiges Outfit entschieden und alles eingepackt. Mit den tollen Frauen, die Du bei Deinem Beruf täglich um Dich hast, kann ich sowieso nicht konkurrieren.

Sitze schon einige Zeit vor dem Computer und betrachte Dein Bild. Bin so voller Liebe für Dich, dass es schmerzt. Schade, dass nicht wenigstens Dein Zeigefinger - der immer so provozierend auf mich zeigt - lebendig ist. Hätte dafür im Moment mannigfache Verwendung!

Denke schon wieder nur an Sex! Das wird langsam zum Problem! Vielleicht kann ich morgen noch kurz mit Lea über meine Kundalinikräfte sprechen. Sie ist praktizierende Buddhistin und besitzt trotz ihrer Jugend eine große spiritistische Kompetenz. Sie ist sozusagen schon mit vielem durch! War kein leichter Weg für sie - aber was ist auf *dem* Weg schon leicht?

Beten hilft mir meistens ganz gut! Will also wieder früh zu Bett gehen und <u>alles</u> versuchen, um ruhiger zu werden. Übrigens: Mein GOTT ist reine Liebe und ER/SIE hat überhaupt nichts gegen verantwortungsvollen einvernehmlichen Sex - sei er noch so wild und außergewöhnlich oder zärtlich, warm und feucht ...☺

Tausend heiße Küsse von mir für Dich und Deinen Ständer. ♥ Bis morgen Auge in Auge!

<u>Vergeblicher Anruf von Katharina 21.12. um 22:20</u>

<u>SMS von Katharina 21.12. 22:24</u>

Na, dann ...

SMS von Katharina 22.12. um 21:15

Was kann so schlimm sein, dass du es mir nicht sagen kannst? Wir mögen uns doch beide, warum gibst du uns keine chance? Ruf mich an!!! Ich leide …

Re-SMS von Georg 22.12. um 21:28

Liebe katharina! Ich kann nicht. Ich kann leider wirklich nicht … Und es liegt nicht an dir oder bei dir es zu ändern im moment … Trotzdem frohe Feiertage. Liebe grüße, georg

Re-SMS von Katharina 22.12 um 21:46

Keine sorge. Weihnachten bedeutet mir nichts. Bin keine christin. Schreibe dir von zuhause ein letztes mal.

Mail von Katharina 23.12. um 20:48

Betreff: letzte Mail

Lieber Georg! Danke für die gelungene Aufführung. Ihr seid meiner Meinung nach noch besser geworden! Meiner Freundin Elita hat es im Theater auch sehr gefallen. Sie fand Dich sogar ganz nett, womit ich ja fest gerechnet hatte.

Für mich war das (einseitige) Wiedersehen mit Dir nicht unproblematisch. Ich erwartete nur ‚Bodo' zu sehen, Du spieltest allerdings (für mich?) in längeren Phasen ‚Georg'.

So verführerisch Du dabei auch rüberkamst, ich konnte das körperlich kaum ertragen. Als Du den spackigen Hut abnahmst und Dein schönes Haar schütteltes, fiel ich beinahe vor Verlangen in Ohnmacht. Gut, dass es diese Möglichkeiten gab, die unerträgliche Anspannung in Lachsalven herauszulassen. Ich hätte sonst das Theater verlassen müssen.

Schon nach wenigen Minuten wusste ich, dass ich mich nicht getäuscht hatte, sondern, dass Du tatsächlich *der Eine* für mich hättest sein können. Ich hätte Dich wirklich bedingungslos lieben können - auch, wenn alle rationalen Umstände total dagegen sprächen. Aber Du verdrängtes durch Dein ‚Wegtauchen' nach der Vorstellung unsere ‚Sache' endgültig in den Bereich der Illusion. Zuerst war ich stinksauer auf Dich, weil ich von Dir niemals erwartet hätte, so mies behandelt zu werden. Und Du hättest mir abends nicht mehr in die Hände fallen dürfen, wenn Dir an Deiner körperlichen Unversehrtheit gelegen ist.

Dann war ich nur noch kreuzunglücklich, konnte nicht essen und nicht schlafen. Elita machte sehr viel mit mir durch. Ihre Sympathie für Dich schrumpfte (aus Solidarität mit mir) bis zur Unkenntlichkeit, was schließlich in dem hilflosen Satz mündete: "Das is nur 'nen indischen Blender!"

Ich musste darüber plötzlich sehr lachen, zumal sie den Ausspruch nicht näher erklären konnte. Ihr verstorbener Mann hatte damit immer Männer bezeichnet, die sich erdreisteten seiner Frau den Hof zu machen. Ich war dankbar, dass meine alte Freundin in diesen schrecklichen Stunden des tiefen Leidens bei mir war und so kindlich naiv für Aufmunterung sorgte.

Das Shoppen am nächsten Tag war wenig effektiv und besaß leider nicht die geringste Ablenkungsqualität. Musste viel Kaffee trinken, um überhaupt durchzuhalten - arme Elita! Wir brachen die Sache noch vor dem Dunkelwerden ab und trollten uns nach Hause zu Lea.

Die gastfreundliche Atmosphäre umhüllte mich wie Zuckerwatte. Wir tranken Jasmintee und aßen ein paar kleine Happen. Es war immerhin ein Anfang, um in die Normalität zurückzufinden. Meine Stinkwut auf Dich war längst verflogen. In meinem Kopf tanzte ein heißgeliebter Georg, den ich niemals berühren würde, geschweige denn küssen oder noch mehr. Elita konnte mich nicht verstehen - wie auch - verstand ich mich ja selbst nicht mehr!

Glücklicherweise rief meine Familie aus Leverkusen an. Sie hatten sich alle um meinen Enkel versammelt und munterten mich mit den neuesten Infos über das niedliche Aussehen des kleinen

Aaron auf. Ich schämte mich innerlich, dass ich nicht auch dort weilte, sondern stattdessen einer Illusion nachgelaufen war.

Dass Du letztendlich auf meinen Hilferuf so professionell und äußerst schnell reagiertest, rechne ich Dir hoch an. Ich bin inzwischen überhaupt nicht mehr böse. Du hast den Druck von mir genommen. Natürlich wäre ich gern über Deine Gründe näher informiert, habe aber kein Recht, das zu verlangen. Es lag immer allein in Deinem Ermessen, wie weit Du Dein Universum für mich öffnen wolltest. So wie es nur in meinem lag, Dir vertrauensvoll Zutritt bis in die intimsten Winkel meiner Seele zu gewähren.

Da ich aber nicht wissen kann, was Dich im Moment bewegt, vermute ich, dass Du ein Beziehungsproblem (in welchem Ausmaß auch immer) haben wirst - das ist zumindest sehr naheliegend, weil Du ja nicht darüber sprechen willst. Es ist einer meiner Grundsätze, mich niemals in bestehende Beziehungen einzumischen. Dadurch entsteht zuviel Leid.

Das ist deshalb meine letzte Mail an Dich.

Wenn Du jemals frei von allen Problemen sein solltest, die einer ehrlichen Begegnung mit mir im Wege stehen, kannst Du Dich gern wieder bei mir melden - sofern Du Dir sicher bist, dass und wann Du mich wiedersehen willst. Ich habe nicht mehr die Kraft, unsere ‚Sache' *allein* am Leben zu erhalten.

Danke nochmals für die pralle Lebensfreude, die Du mir mit dieser Liebe geschenkt hast. Wenn auch dieses Wochenende eher von Leiden geprägt war, gab es für mich doch noch ein wundervolles Erlebnis.

Kaum zu glauben, mit welchen tiefen Gefühlen ich heute die Hundertwasser-Ausstellung in Bremen erlebte! Da ich so übernächtigt war und alle Sensoren auf Hochtouren liefen, *fühlte* ich die Farben. Und das waren *Farbexplosionen*, die aus Formen hervorschossen, die lebendig zu sein schienen. Ich vermute, von den Berichten meines Sohnes, dass man sowas sonst nur ‚auf Drogen' erlebt. Ich bekam außerdem sehr viele tief bewegende Hinweise aus den mir noch unbekannten Hundertwasser-Texten. Schon vorher war ich von diesem großen Allroundgenie sehr angetan - heute habe ich ihn bis in die Tiefen seines Universums begleitet und vollkommen verstanden. Das ist Liebe in ihrer schönsten Form!☺

Die Mail ist sehr lang (entschuldige) - Du weißt warum!

♥ Grüße und weiterhin viel Freude und Erfolg bei all Deinen aufregenden Aktivitäten ... Katharina

Mail von Katharina 28.12. um 19:31

Betreff: Abschiedsgeschenk

Hi, Georg!

Ich bin daran gewöhnt, Menschen, die mir was bedeuten, kleine Geschenke zu machen. Das war bei Dir leider etwas zu kurz gekommen, wenn man von meinen Mails mal absieht. Hier nun ein kleines hilfloses Abschiedsgeschenk. Möge es Dir gefallen!

Wünsche Dir viel Erfolg bei Deinen ausgebuchten Vorstellungen und eine schöne Silvesterparty. Komme gesund ins neue Jahr!

Katharina

Anhang:

fast – verpasst!

fast hätt ich mich hingegeben
fast den so verführerischen
mund geküsst
fast wär ich dem burschen ganz erlegen
hätte alle meine skrupel eingebüßt

fast wär ich so voll der wonne
fast gesunken an die männlich
starke brust
fast wär er jetzt meine frühlingssonne
ich sein herbstliches objekt der lust

fast hätt ich mich hingeneigt
fast gespreizt die allzu lange
keuschen schenkel
fast hätt er auf mir sein lied gegeigt
doch ich hütete ganz brav den enkel

und da die gelegenheit zerrann
wünschte ich mir fast
ich hätts getan
(2001)

Ich schenke Dir zum Abschied dieses ältere unveröffentlichte Gedicht von mir, das mir zufällig wieder in die Hände fiel. Es gefällt mir noch immer. Wunderte mich, dass es gewisse Parallelen zu meiner jetzige Situation aufwies. Kenne den Anlass nicht mehr, aus dem ich es schrieb, war wohl im Rahmen eines Workshops. Mach's gut!
Katharina

8.

*Mail von Katharina 29.12. um 16:51 **(nicht abgeschickt)***

Betreff: Erste nach Weltuntergang …

Mein illusionärer Schatz!
Es geht nicht, dass ich nicht mehr an Dich denke!!! Und darum funktioniert es auch nicht, dass ich Dir nicht mehr schreibe. Du bist mir so nah und doch sooo fern. Selbst träumen von Dir gelingt mir nicht. Aber Du spukst den ganzen Tag in meinem armen Kopf. Was soll ich tun, um Dich aus meinem Herzen zu entfernen???

Mein Sohn sagt, dass ich mich wie eine Zwölfjährige benehme. Ich solle den Schalter umlegen und normal in meinem alten Leben weitermachen. Aber er ist noch so jung - an der Schwelle seines Lebens - da mag eine große Liebe einen anderen Stellenwert haben. Ich besitze so viele Vergleichsmöglichkeiten, dass ich genau weiß, dies ist *die* große Liebe für mich. Es gab niemals ein schöneres volleres Empfinden. Und weil ich mich auf den Hinterausgang des Lebens zu bewege, wird es wahrscheinlich auch keine weitere *wirkliche* Liebe geben.

Die Weihnachtstage im Hotel waren so erfreulich wie gewohnt. Die netten Stammgäste - auch einige Schauspieler darunter - zeigten sich von ihrer besten Seite: freundlich und spendabel. Alexander bekam seinen Weihnachtsmann und dazu eine herzliche Umarmung. Er schaute mich gerührt wie ein Kind mit strahlenden Augen an. Wir hatten mit vielen Kolleginnen und Kollegen, die alle wieder über die Feiertage arbeiten mussten, eine herrlich lustige Zeit auf der Fähre. Das war für mich *Weihnachten.* Ich bin rundherum glücklich und zufrieden - nur leider unglücklich verliebt!

Heute werde ich mit Benny nach Leverkusen zu meinem Enkelkind fahren. Wir übernachten bei meinen Eltern in Köln, um die junge Familie nicht zu stark zu beeinträchtigen. Am Sonntag kommen wir wieder zurück, weil Benny abends auf eine Geburtstagsparty eingeladen ist. Über Silvester und Neujahr habe ich leider frei. Der Dienstplan hing zu spät, als dass ich noch etwas ‚anleiern' konnte. Nun wird es wohl das ödeste Fest, was ich je hatte! Na, vielleicht kann ich mir auf Sky einen schönen Film reinziehen und ein wenig entspannen. Habe ich eigentlich dringend nötig.

Mein lieber Kollege Lars (37) hat mir gestern per Mail ein Bild von seinem schwarzen Weihnachtsbaum geschickt. Hatte ihn deshalb ein wenig aufgezogen. Freute mich, mal wieder eine kleine Mail zu erhalten. Er ist wirklich sehr süß, wenn auch überhaupt nicht mit Dir zu vergleichen. Mein Körper springt aber irgendwie auf ihn an. Benny meinte dazu nur warnend: "No sex with company!" Damit hat er völlig Recht. Es würde uns wahrscheinlich den unbekümmerten Spaß auf der Fähre verderben.

Wenn die Schwingungen im Unterleib sitzen - hab ich irgendwo gelesen - kommt es zu einer enormen Steigerung der Sexualkraft. Deshalb sind einige Gurus große Lüstlinge. Sie haben es nicht geschafft, diese Kräfte in ihre höheren Chakren umzulenken und sinnvoll einzusetzen. Ich weiß nicht genau, ob ich das schaffen kann - ganz ohne Hilfe. Ich hoffe, dass es mir gelingt, die Kräfte aus dem Unterleib in das Herzchakra zu dirigieren. Ganz ohne Ausleben der Sexualität wird es vielleicht nicht möglich sein. Das geht immer noch am besten mit einem Partner. Da Du es nicht sein kannst, werde ich wahrscheinlich irgendwann einen anderen benötigen.

Ich hoffe, der wird es mir verzeihen, dass er nur *Ersatz* ist?

So, nun muss ich an die profanen Dinge des Lebens herangehen! Ich hab noch viel zu tun - bis zum Abend.

Sei ganz lieb gegrüßt und herzlich umarmt von Deiner Katharina ♥

Mail von Katharina 30.12. um 5:37 (nicht abgeschickt)
Betreff: Zweite nach Weltuntergang
Hi, Liebster!
Hatte Dir vorgestern doch noch eine kleine Mail geschickt mit dem Gedicht. Konnte nicht anders - auch, wenn es sehr inkonsequent war. Hast ja auch bis jetzt nicht reagiert - war eigentlich zu erwarten. Ich denke immer noch voller Sehnsucht an Dich und Deinen schönen starken Körper. Die Kräfte in meinem Unterleib waren heute beim Aufwachen völlig ruhig, jetzt erwachen sie wieder zum Leben - ich bin ja auch in Gedanken bei Dir.
Lars schickte mir gestern noch eine Antwort auf meine kleine Re-Mail. Es war mehr ein hilfloses Gestammel und wieder ein Foto, diesmal von seiner „neuen Kiste". Die hat er auch übers Internet bestellt. Sie steht in seinem Schlafzimmer und sein Bett war teilweise zu sehen. Ich halte ihn allerdings für so harmlos, dass er das nicht beabsichtigte. In meinem Herzen hüpfte aber im Moment ein kleines Teufelchen, das sich tierisch freute. Außerdem wurde alles in mir warm und weich vor Liebe (nicht Sex!!!).

Es gefällt mir sehr, wenn ich die Menschen in meiner Umgebung lieben darf. Ich fühle mich so voller Wärme und Lebendigkeit.

Schrieb gestern auch noch eine kurze Mail an eine ehemalige Arbeitskollegin, die mir zu Weihnachten eine Karte geschickt hatte. Mal sehen, ob meine Email-Kontakte, dann langsam reger werden und nicht mehr so einseitig, wie mit Dir. Sah mir gestern die Internetseite der Partnerbörse ‚Verliebt im Norden' an. Vielleicht sollte ich es mal probieren?

Benny hatte gestern plötzlich Fieber. So mussten wir die Fahrt nach Leverkusen/Köln absagen. Die Ansteckungsgefahr für den kleinen Aaron wäre zu groß gewesen. Ich werde mich jetzt in diesen freien Tagen mal gehörig ausruhen! Auch, wenn ich etwas traurig bin, dass ich nicht unter netten Menschen sein darf.

Wünsche Dir einen schönen Tag mit viel guter Laune und Spaß!

Katharina

Mail von Katharina 30.12. um 22:08 (**nicht abgeschickt**)

Mein einziger Geliebter!

Ich muss mich ja jetzt mit der Anrede nicht mehr zurückhalten, weil Du diese Mail niemals erhalten wirst.

Heute habe ich den Entschluss gefasst, aus Liebe zu Dir erst mal auf alle anderen ähnlichen Kontakte (auch sexuelle) zu Männern zu verzichten. Ich finde, wenn es wirklich Liebe ist, muss sie auch diese starke Belastung der Trennung überstehen. Die Kräfte der Kundalini sind erträglich geworden. Sie flammen nur auf, wenn ich sehr an Dich denke (oder Du an mich?) und große Sehnsucht mich plagt. Das versuche ich nun mit Ablenkung hin zu bekommen.

Habe heute den ganzen Vormittag aufgeräumt und das Haus saubergemacht, Das war sehr nötig, weil ich seit unserem ersten Mail-Austausch nichts mehr so richtig auf die Reihe kriegte.

Mittags bekam ich plötzlich Besuch von einer Freundin aus unserer ehemaligen Krebs-Selbsthilfe-Gruppe. Es war der Geburtstag ihres vor fünf Jahren an der heimtückischen Krankheit verstorbenen Mannes. Sie hatte auf dem Friedhof Blumen abgelegt (ich wohne ganz in der Nähe) und konnte sich emotional nicht beruhigen. Außerdem war sie völlig durchnässt von einem plötzlichen Regenschauer. Wir hingen ihre Sachen vor die Heizung, und ich machte uns Cappuccino. Dann ließ ich sie erst mal erzählen. Reden hilft in solchen Fällen sehr gut, weiß ich aus Erfahrung. Nach zwei Stunden war sie soweit wieder aufgebaut, dass ich sie mit inzwischen getrockneten Klamotten beruhigt nach Hause gehen lassen konnte.

Danach aßen Benny und ich unser besonderes Neujahrsessen (Lammlachse mit Pfeffersoße, roten Kartoffeln und Prinzessböhnchen). Ich kochte das heute schon, weil ich befürchte, dass Benny sich Silvester ‚die Kante' gibt und das gemeinsame Neujahrsessen dann völlig ausfallen wird. Es schmeckte uns sehr gut und verbreitete im ganzen Haus einen wohligen Knoblauchgeruch. Na, gut, dass ich noch zwei Tage frei habe und auch sonst auf keinen Rücksicht nehmen muss. ☺

Benny hatte gestern im Internet eine schwarze Ledergarnitur für sein Zimmer ‚geschossen'. Hat er sehr preiswert bekommen, so konnte er sich das vom Trinkgeld erlauben. Nach dem Einräumen kamen dann seine Kumpels vorbei, um ‚Einweihung' zu feiern. Das sind ganz liebe höfliche Jungs, wenn sie auch immer viel Mist bauen. Gestern spielten sie nur am Computer, dadurch konnte ich einigermaßen schlafen. Aber die Geräusche mischten sich doch irgendwie unangenehm in meine Träume. Das Haus ist halt sehr hellhörig, weil es Holzdecken hat.

Wenn ich zwischendurch mal wach im Bett liege, denke ich immer nur an Dich. Ich stelle mir vor, dass Du mich genauso vermisst, wie ich Dich.

Und ich hoffe sehr, dass Du meine Mails nicht gelöscht hast sondern sie hin und wieder liest. Vielleicht haben wir dann noch eine kleine Chance auf ein Wiedersehen. Irgendwie kann ich mir nicht vorstellen, dass unsere ‚Sache' so zu Ende gehen sollte.

Machte gegen Abend einen wundervollen Spaziergang am Meer. Leider war ich dabei allein, weil Elita krank ist und Benny keinen Bock hat, mit seiner Mutter „durch die Gegend zu rennen". Habe die vielen verliebten Paare ein wenig beneidet. Das Meer war aber atemberaubend wie immer. Seit Jahren staune ich darüber, dass es immer wieder anders erscheint – je nach Tages- oder Jahreszeit und Witterungsverhältnissen. Ich glaube, da habe ich in all der Zeit, seit ich hier lebe, noch kein einziges Mal ‚identische Meere' erlebt. Vielleicht gibt die eigene Stimmung auch noch einen besonderen Impuls?! Ich liebe jedenfalls diese Überraschungen, wenn ich über den Deich blicke.

Sei ganz zärtlich umarmt und herzlich gegrüßt von Deiner Katharina ♥

9.

*Mail von Katharina 31.12. um 15:36 (**nicht abgeschickt**)*

Mein einziger Geliebter!
Es ist heute ein sehr stürmischer Tag, der wohl dem alten Jahr den Garaus machen will. Ich könnte gut jemanden zum Kuscheln gebrauchen. Aber Du hättest ja sowieso keine Zeit, weil heute Eure Silvestervorstellungen anstehen. Das ist sicher purer Stress wieder vor ausverkauftem Haus!
In *meinem* alten Haus ist es jetzt ruhig. Habe heute zum ersten Mal seit langem keine Musik laufen und genieße einfach die Stille. Benny musste überraschend nach der Arbeit einen Freund nach Oldenburg fahren. Bekommt dafür 50 €, weil es ein Notfall ist. Ich habe ihm Nudelsalat für die Silvesterfeier mit seiner Clique gemacht. Wahrscheinlich brüstet er sich den Mädchen gegenüber wieder damit, dass er selbst gekocht hat. Ich kenne das schon von anderen Gelegenheiten. Er kann angeblich bestens backen und kochen.
Aber nun will ich nicht ganz ungerecht sein. Heiligabend hatte er für mich Kartoffelsalat mit Würstchen gemacht. Sah nicht aus wie Kartoffelsalat und schmeckte anders (sehr nach Senf und

Knoblauch), war aber genießbar und äußerst interessant. Gekotzt hat anschließend auch niemand von uns!

Werde Silvester wieder allein sein. In den vergangenen Jahren war das auch fast immer so. Meine Freundinnen sind entweder alt oder krank und verbringen den Jahreswechsel im Bett. Die Kollegen von Langeoog müssen alle arbeiten – genau wie ich im vergangenen Jahr. Bei den Kindern habe ich zwar hin und wieder gefeiert, aber in diesem Jahr ist das nicht möglich. Lea hat Grippe und Hannah ist mit dem kleinen Aaron ausgelastet.

Will mir irgendwas im Fernsehen anschauen. Vielleicht „Two and a half men". Das kenne ich durch Benny. Die Sendungen sind auf ihre seichte Art unterhaltsam, ich werde dabei keine bösen Überraschungen erleben, kann ohne Schmerzen mittendrin abschalten und mich anschließend freuen, dass ich diese ‚Männer' nicht in meinem Haus habe.

Würde mal gern wieder tanzen. Bist Du ein guter Tänzer? Gehört das nicht auch zur Schauspielausbildung? Ich verbrachte vor langer Zeit einen Urlaub (ich glaube irgendwo in Nordafrika) da lernte ich einen Sänger von der Berliner Staatsoper kennen, der konnte so begnadet Tango tanzen, dass ich heute noch manchmal davon träume. Aber ich habe das wahrscheinlich auch längst verlernt. Mein Ex tanzte nicht besonders gut, da habe ich eben selten geübt. Könnte mir vorstellen, dass wir beide ein wundervolles Tanzpaar abgäben. Wir passen äußerlich sehr gut zusammen – und in Deinen starken Armen, an Deiner breiten Brust würde ich einfach vergehen …

Ach, ich sehe Dich schon wieder vor mir: Dein wehendes Haar … Deine schönen Hände … Es schmerzt einfach höllisch, das ist Folter in ihrer perfidesten Form. ☹

Lass uns für heute Schluss machen mit der Quälerei. Bin nicht so gut drauf, dass ich es einfach so wegstecken kann. Ich wünsche Dir nochmals eine gelungene Vorstellung, eine tolle Silvesterparty und einen gesunden Jahreswechsel – mögen alle Deine großen und kleinen Wünsche im nächsten Jahr in Erfüllung gehen!

In Liebe Deine Katharina ♥

*Mail von Katharina 02.01.2013 um 23:48 Uhr (**nicht abgeschickt**)*

Mein über alles Geliebter!
Dies ist jetzt schon die dritte Mail an Dich, die ich nicht mehr in meinem Email-Programm, sondern

im normalen Schreibprogramm unter ‚Eigene Dateien/Georg-Texte' schreibe.
Ja, warum mache ich das eigentlich?
Es geschieht zu meinem und zu Deinem Schutz, zu meinem, weil ich nicht mein Gesicht vor Dir verlieren will, falls ich mich nicht im Griff hätte und plötzlich doch eine dieser Mails an Dich abschickte – zu Deinem, weil ich Dir wirklich die absolute Ruhe für eine freie Entscheidung lassen will.
Also, Du merkst, das ist ein bisschen geschummelt – es ist im Grunde nur meinetwegen. Ich brenne noch immer in Liebe zu Dir. Ich versuche den ganzen Tag über Dich zu reden – mit wem auch immer – und wenn es nur einige verklausulierte hilflose Worte sind.
Heute zu unserem Chefkoch (ich sieze ihn und kenne ihn nicht näher): „Ja, ich bin davon überzeugt, dass es ein sehr gutes Jahr für mich werden wird." Er: „Warum glauben Sie das?" Ich (geheimnisvoll lächelnd): „Ach, ja! Das ist etwas kompliziert ..." Er (hellhörig): „Sie meinen, das lässt sich nicht zwischen dem Befüllen der Waschmaschine und des Trockners erklären?" Ich (hastig – ehe ich mich verplappere): „Ja, in etwa! Jedenfalls bin ich Oma geworden und das ist doch sehr schön." Er nickt irritiert und verschwindet wieder in der Küche.

Meinen lieben Kolleginnen und der Familie geht es nicht so gut damit, glaube ich. Wie lange kann man sich immer dieselben Geschichten und Hypothesen über eine (fast) vergangene große Liebe anhören. Ich sage Dir – die müssen mich alle sehr liebhaben, dass sie das ohne zu klagen durchhalten.

Musste heute wieder eine neue Monatskarte für die Fähre kaufen. Der ältere Herr, den ich schon ganz gut kenne, öffnete extra einen zusätzlichen Schalter, als er mich kommen sah. Dann gab es natürlich – nach dem Neujahrsgruß – das gewohnte Geplauder über die Zeit, die so schnell vergeht, besonders in unserem Alter (Er sieht wirklich so alt aus, wie ich niemals werden möchte, obwohl er sehr charmant ist.) ... Ich antwortete ihm mit gespielter Entrüstung: „Jetzt fangen Sie nicht wieder damit an, sonst gehe ich das nächste Mal zu Ihrem jungen Kollegen." Der junge Kollege kam herüber und lächelte mich an. Der Alte lachte auch verschmitzt. Ich packte die neue Fahrkarte in die Hülle, warf den Rucksack betont lässig über eine Schulter und rief winkend mit einem breiten Grinsen über die andere Schulter zurück: „ Heute bin ich jedenfalls keinen Deut älter als achtzehn!" Dann hüpfte ich unter ihren bewundernden Blicken davon.

Ich muss noch immer lachen, wenn ich an die filmreife Szene denke. Du hättest es gemocht – glaube ich!

Silvester und der Neujahrstag waren für mich ruhig und entspannt. Ich schlief viel, schaute Filme auf Sky (unter anderen „Rubbeldiekatz") lachte laut und ausdauernd und befriedigte mich selbst, da Du ja nicht zur Stelle warst. Klappte aber nicht so wirklich gut – ohne Dich. Besser ein kümmerlicher Orgasmus, als überhaupt keiner? Na, ja, das ist eigentlich wieder zu intim für den gegenwärtigen Stand unserer ‚Sache'…

Heute war ein Hammertag im Hotel. Ich hatte von morgens bis abends nicht die kleinste Pause. Wenn ich Raucherin wäre, hätte ich an ‚Lungenschmacht' eingehen müssen. Erst auf der Fähre kamen Laura und ich endlich zum Essen unserer Brote. Sie hat dann einen Kakao mit Sahne spendiert. Ist dort sündhaft teuer, aber auch sooo gut gegen alles - und wir hatten ja Trinkgeld bekommen …☺

Jetzt muss ich noch ein bisschen schlafen. Bin seit vorhin untenherum vollkommen rasiert, ist ein seltsam nacktes Gefühl, sieht aber nicht schlecht aus. Frag mich, ob es Dir gefallen würde. Morgen hab ich einen Tag frei. Fahre dann nach Oldenburg zu einem Facharzt-Termin. Das wird auch kein Spaziergang. Vielleicht kann ich

nach einem unwiderstehlichen Kleid Ausschau halten, was ich bei meinem nächsten Theaterbesuch tragen will. Wenn ich mir Karten für die erste Reihe besorge und einen gewissen jungen Mann, den ich über alles verehre, mit meiner erotischen Ausstrahlung überrasche (irritiere?).
Sei zärtlich umarmt und heiß geküsst von mir. Und nimm um Himmelswillen nicht alles ernst, was ich so schreibe!♥

*<u>Mail von Katharina 03.01. um 17:54 **(nicht abgeschickt)**</u>*

Hi, Schatz!
Bin vor einer Stunde aus Oldenburg zurückgekommen und ziemlich kaputt. Der Wagen ist zwar super gelaufen (nur fliegen ist schöner …), aber das Warten vor den verschiedenen Untersuchungen war ätzend. Hatte nur etwa eineinhalb Stunden Zeit hinterher ne Kleinigkeit zu essen und ein bisschen zu shoppen.
Kleid hab ich keins gefunden. Sahen alle aus wie ‚Presswurst'. Damit kann ich dann wirklich keinen Staat machen. Aber ich hatte vor Weihnachten in Leer bei Leffers schon ein paar schicke Modelle anprobiert, die sündhaft aussahen und genauso teuer waren. Da werde ich dann noch ein wenig sparen müssen. Hab ja auch jede Men-

ge Zeit. So schnell werde ich mir das nicht antun, Dich wieder auf der Bühne herumspringen zu sehen.

Als ich meine einzige heutige Errungenschaft, die schicke braune Hose, an der Kasse bezahlte, stieß ich mit einem ganz attraktiven Mann zusammen, der auch ne Hose gekauft hatte. Er war sehr nett und höflich, hat mich hinterher noch im Laden beobachtet. Ich dachte, dass er mich vielleicht zum Kaffee einlädt, das scheiterte wohl an seiner Schüchternheit - schade! Etwas Abwechslung wäre nicht übel gewesen. Muss mich ja nicht immer gleich verlieben!!!

Jetzt folgen wieder zwei anstrengende Arbeitstage auf Langeoog. Gehe heute sehr früh schlafen, damit ich das alles gut schaffe. Leider ist der ‚traurige Millionär' inzwischen abgereist. Das ist ein VIP - Stammgast, der vor zwei Jahren von seiner Frau verlassen wurde. Er geht unserer Chefin immer damit auf die Nerven, dass er ständig Zuspruch einfordert. Ich durfte gestern sein Zimmer machen und einen teuren Anzug für ihn aufbügeln. Er ist angenehm, gibt viel Trinkgeld und behandelt uns höflich. Leider habe ich ihn bei seinem jetzigen Aufenthalt nicht persönlich zu Gesicht bekommen. Aber ich weiß, wie er riecht und welchen Wein er bevorzugt … Ist leider ein bisschen kleiner als ich und wahrscheinlich ein Weichei – das würde mich beides, trotz der Millionen, etwas stören.

So, mein Lieber, ich wünsche Dir eine gute Nacht – nach Deiner Vorstellung – und ganz besonders süße Träume. Hast Du mich schon aus Deinem Kopf verbannt? Ich hoffe, dass Du nicht so oberflächlich bist!

Kuss von Katharina ♥

10.

*Mail von Katharina 04.01 um 20:03 Uhr (**nicht abgeschickt**)*

Mein süßer Schatz!!!
Musste heute wieder bei der Arbeit ununterbrochen an Dich denken. Es war ein sehr anstrengender Tag. Hiu – unser vietnamesischer Hausmeister – ist schon längere Zeit krankgeschrieben und nun meldete sich auch noch eine Kollegin von mir bis nächsten Freitag krank. Wir anderen sind schwer erkältet und schlagen uns nur mühsam durch.
Heute war glücklicherweise wieder Alexander unser ‚Boss'. Er begrüßte uns schon morgens sehr lieb mit: „Wo seid Ihr denn, meine Zuckerpuppen aus der Bauchtanzgruppe?" Leider hatten wir im Laufe des Arbeitstages nicht sehr viel Freude mit ihm. Es war nur der reine Stress und er bemerkte das – sensibel wie er ist – auch ganz genau. Er bot uns sogar an, eine Fähre eher nach Hause zu fahren. Das konnten wir aber vom Arbeitspensum heute unmöglich schaffen – na ja, aufgeschoben ist nicht aufgehoben! Werden ihn daran erinnern.
Wegen der vielen krankheitsbedingten Ausfälle muss ich in dieser und der nächsten Woche etwas mehr arbeiten. Das wird wieder grenzwertig.

Meistens nehme ich ein paar Kilo ab, was aber jetzt schon nicht mehr unbedingt sein müsste. Kann mir schließlich nicht dauernd neue Klamotten kaufen. Außerdem gefalle ich mir mit ein paar Pfunden zu viel ganz gut. Je älter Frauen werden, sollten sie lieber etwas mehr, als zu wenig, wiegen. Damit sehen sie einfach besser aus – nicht so faltig. Aber das ist eben mein persönlicher Geschmack: Ich mag kräftige gesunde Menschen, die eine gewisse Natürlichkeit und Herzlichkeit ausstrahlen. Alle Schönheit liegt immer im Auge des Betrachters!

Mir gingen heute seltsame Gedanken durch den Kopf, was unsere erste Begegnung betrifft. Es war ja mehr eine Begegnung unserer Augen. Sowas wie „Liebe auf den ersten Blick"... vielleicht ... Ich hatte das Gefühl, dass Du aus der Theaterszene heraus tratest, mich virtuell an der Hand zur Seite führtest und mit mir gemeinsam leicht schmunzelnd auf die weiterlaufende Aufführung blicktest. Ich war so mit Dir verschmolzen, dass ich in diesem Augenblick keinen Unterschied zwischen Deiner und meiner Seele spürte. Danach suchte ich nur noch zwanghaft Deine Augen und Du machtest mir das nicht schwer! Das mag für Dich etwas irritierend gewesen sein. Du warst ja dort schließlich bei Deiner Arbeit und ich mischte mich einfach so ein ... Würde gern mal

von Dir erfahren, wie Du unsere Begegnung erlebtest. Aber vielleicht werde ich Dich ja niemals wiedersehen! ☹
Jetzt muss ich unbedingt eine Mütze voll Schlaf haben. Die Augen fallen mir schon zu. Kann leider nicht mehr alles berichten, was heute so an Unterhaltsamem neben der Arbeit passierte. Vielleicht kommt das eine und andere Erlebnis in späteren Mails noch zur Sprache.
Sei zärtlich umarmt und sehr liebevoll geküsst von Deiner Mail-Freundin Katharina ♥

*Mail von Katharina 05.01. um 20:19 Uhr (**nicht abgeschickt**)*

Hi, mein Liebster!
Bin sehr müde von der Arbeit. Es waren heute so viele Abreisen und morgen wird es so weitergehen. Eigentlich hätte ich Sonntag frei gehabt, geht aber jetzt nicht, weil so viele Kollegen krankgeschrieben sind. Außerdem muss ich Montag/Dienstag auch arbeiten. Wieder fünf Tage hintereinander, das ist fast wie Vollzeit. Lars kommt glücklicherweise Montag wieder und Hiu hoffentlich auch. Lars schrieb mir wieder ne kleine Mail, hat mich sehr gefreut. ☺
Dachte auf der Arbeit wieder viel an Dich. Vielleicht werde ich Dir nach einem Monat Pause

mal ne SMS senden. Stelle ich mir etwa so vor (auch wenn es sich pubertär anfühlt): „Na, du? Darf ich dir eine kleine Frage stellen? Bitte um ehrliche Antwort. Hast du meine Mails gelöscht? A) ja! B) nein! C) teilweise! Sende nur den Buchstaben. LG Katharina"
Solange das noch nicht geklärt ist, schreibe ich Dir hier in meiner Datei weiter, ohne es abzuschicken. Im Grunde ist es zur Zeit eine Art *Tagebuch.*
Jetzt werde ich ein bisschen schlafen gehen und meine ganze Aufmerksamkeit nach innen richten. Sei ganz lieb gegrüßt und zärtlich geküsst von Deiner Katharina ♥
PS: Hörte heute beim Aufstehen im Radio wieder den Song von Max Herre „Es fühlt sich wie fliegen an – so leicht muss Liebe sein …". Das tat den ganzen Tag saumäßig weh!

Mail von Katharina 6.1. 20:42 ***(nicht abgeschickt)***

Hallo, Liebster!
Ich hätte Dir vieles zu berichten, kann aber nun nicht mehr schreiben, weil ich so müde bin. Brauche unbedingt körperliche Entspannung und mein Bett! Alles, was so in meinem Leben passiert ist und von der großen Traurigkeit, die mich

heute am Nachmittag plötzlich überfiel, erzähle ich Dir ein anderes Mal – versprochen!
Ich liebe Dich unendlich mit großem Sehnsuchts-Schmerz. Sei umarmt und geküsst von mir ♥
PS: „Doch es geht nicht. Ich bin der Regen, und du bist das Meer." (Juli)

Mail von Katharina 08.01. um 20:19 **(nicht abgeschickt)**

Hallo, Liebster!
Heute musste ich wieder allein arbeiten. Aber die Chefin war ganz nett zu mir. Sie hat wohl endlich geschnallt, dass ich ordentliche Arbeit leiste. Hab ganz gut Trinkgeld eingeheimst. Es sind auch irre nette Gäste im Hotel. Alles ist total familiär und gemütlich, weil wir ausnahmsweise mal nicht ausgebucht sind.
Musste eine allein reisende Dame (etwa in meinem Alter, aber sehr gestylt und mit Schmuck behangen) aufmuntern, weil ihr das neblige ‚Novemberwetter' aufs Gemüt schlug. Ich konnte das ganz gut nachvollziehen und habe dadurch die richtigen Worte gefunden. Es schien ihr hinterher viel besser zu gehen. ☺
Laura und Lars arbeiteten heute gemeinsam in dem anderen benachbarten Hotelkomplex unseres Chefs. Sie holten mich zur Pause nach drü-

ben. Ich bekam Cappuccino und ein paar Leckereien, außerdem viel menschliche Wärme, die ich immer so vermisse, wenn ich allein auf der Etage bin. Lars himmelt mich seit zwei Tagen ganz offensichtlich an. Er hat schöne Augen und weiche volle Lippen. Leider ist er sonst nicht unbedingt mein Typ – ein wenig zu klein, ein bisschen zu dünn, viel zu jung ... Aber ich fahre irgendwie auf ihn ab. Es ist vermutlich nur auf meine körperliche Unterversorgung zurückzuführen.

Frage mich, ob ich deinetwegen wirklich ein schlechtes Gewissen haben müsste. Ich bin manchmal kurz davor irgendeine riesige Dummheit zu machen. Der Verstand ist einfach ausgeschaltet.

Wenn ich ein Mann wäre, würde ich mich als ‚schwanzgesteuert' bezeichnen. Die Bauarbeiter auf dem Schiff weichen nicht mehr von Lauras und meiner Seite und haben derbe Sprüche auf Lager, als ob sie das riechen.

Vielleicht sollte ich jetzt lieber abbrechen, mich ins Bett legen und für körperliche Entspannung sorgen. Was Vernünftiges kommt bei dem Geschreibsel heute eh nicht mehr heraus.

Morgen und Donnerstag habe ich frei. Wahrscheinlich bin ich dann weniger überspannt und nicht so müde.

Herzliche Grüße und einen heißen Kuss von Deiner Katharina ♥

11.

SMS von Katharina 090.1. um 18:30
Denke bitte nicht zu intensiv an mich. Spüre dich noch sehr oft ...

Mail von Katharina 09.01. um 18:47 ***(nicht abgeschickt)***

Liebster Schatz!
Beging gerade wohl eine Riesendummheit! Schrieb Dir eine SMS.
Du hast nicht drauf reagiert. War auch sicher ziemlich blöd von mir. Nur gab es dazu einen wirklich starken inneren Drang, dem ich einfach nachgeben musste. Wenn Du Dich auch später nicht darauf meldest, weiß ich zumindest, dass ich Lars nicht abweisen muss. Ich brenne darauf, jemanden zu küssen und möglicherweise auch auf mehr ... Er schrieb mir heute eine Rundmail. War eine Art witziger Wetterbericht. Ich wünschte ihm daraufhin einen schönen Feierabend. Mailen ist mit ihm nicht so schön intensiv, wie mit Dir.
Habe jetzt zwei Tage frei und will hier zuhause alles auf Vordermann bringen. Heute war ich mit Elita zum Einkaufen. Sie schafft die schweren Sachen nicht mehr mit dem Fahrrad, deshalb

nehme ich sie mindestens einmal pro Woche in meinem Auto mit. Entdeckten nebenbei einen ‚neuen Italiener'. Werden wir demnächst mal auf Herz und Nieren testen. Da kann man auch Eis essen … ☺

Benny erwartet einen Interessenten für seinen Audi. Er will den Wagen abstoßen, weil er ihn zu teuer kommt. Zur Arbeit benötigt er kein Auto und zur Berufsschule kann er notfalls meins nehmen. Ich gebe es ihm zwar nicht sehr gern, aber Geld haben wir beide nicht so viel, dass wir uns zwei Wagen leisten könnten. Ich drücke jedenfalls die Daumen, dass der Verkauf klappt. Wahrscheinlich bezahlt er dann auch endlich die Schulden, die er bei mir noch hat. ☺

Lebe zur Zeit wieder in einem rosaroten Universum. Alle Menschen sind sooo lieb und freundlich zu mir, dass es manchmal schmerzt. Auch große Liebe kann irgendwie wehtun. Es fühlt sich fast so an, wie ein unbeschreiblich faszinierender Sonnenuntergang – man möchte ihn auskosten, in sich aufnehmen, für immer festhalten und spürt gleichzeitig tief drinnen, wie vergänglich er ist, wie ätherisch und im Grunde vollkommen illusorisch …

Ich bin mir nicht sicher, welche Lehren ich aus meiner momentanen Situation ziehen soll. So oft beklagte ich in der Vergangenheit, dass ich die

‚absolute Leichtigkeit des Seins' nicht spürte. Jetzt ist der Augenblick gekommen, sie zu leben! So leicht und frei fühlte ich mich selbst als junge Frau niemals. Die Zeit meines Studiums bezeichnete ich immer als die schönste meines Lebens. War sie aber nicht!!! Jetzt ‚jenseits der Fünfzig' fühle ich mich angekommen und vom Leben geliebt.

Das ist der größte Wahnwitz, den ich mir vorzustellen in der Lage bin. Ich hätte das nicht erfinden können, weil ich es für einfach unmöglich hielt, bis ich es erlebte. Mein Körper ist von Hormonen durchflutet. Ich lache und strahle den ganzen Tag lang und stecke damit die Menschen in meiner Umgebung an. Und das ist nicht die Spur anstrengend für mich. Ich fühle mich jung und frisch, überwinde alle körperlichen Beeinträchtigungen schnell und problemlos, bin völlig zuversichtlich was meine Zukunft angeht und überhaupt nicht verzagt. Ich *weiß* es wird ein strahlend schönes Jahr für mich voller Abenteuer – ob mit Dir oder ohne Dich. Lieber wäre mir natürlich mit Dir, aber das hängt ja leider nicht von mir ab ...

Also, telepathisch werde ich Dir jetzt schnell übermitteln, dass Du etwas Holz ins Feuer werfen solltest, wenn Du noch Interesse an mir hast!

Sei innig umarmt und zärtlich geküsst von Deiner Dich liebenden Katharina ♥

Mail von Katharina 11.01. um 17:38 (**nicht abgeschickt**)
Mein innig Geliebter!
Habe heute mal wieder mit meiner lieben Kollegin Neele gearbeitet. Sie ist immer besonders bemüht und sehr hilfsbereit. Wir arbeiten auch ohne Worte effektiv miteinander, weil wir uns wortlos verstehen. Das heißt aber nicht, dass wir wenig miteinander reden. Das kannst Du Dir aber wahrscheinlich schon denken. Ich rede sowieso meistens viel und bin ziemlich lebhaft, wenn ich mich wohlfühle. Daran kannst Du sofort merken, wie es mir geht. Wenn meine Augen Funken sprühen und meine Lippen die Zahnreihen kaum im Zaum halten können, bin ich sehr gut drauf. Sobald ich mich deplatziert fühle oder sonst irgendwie unwohl, werde ich ruhig und wirke auf Fremde sehr distanziert, schüchtern oder ‚eingebildet'.
Mein Arbeitstag war heute etwas früher beendet, weil Alexander unser ‚Chef' war. Er hat die Sauna wieder für uns übernommen, mit den anderen Tätigkeiten waren wir glücklicherweise zeitig fertig. Laura hatte auch früher Feierabend. So saßen wir drei Süßen auf der selben Fähre

und blätterten gemeinsam in vornehmen Zeitschriften, die wir von der Etage (Abreisezimmer) mitgenommen hatten. Das gibt immer zu großer Belustigung Anlass, wenn wir uns die sündhaft teuren Klamotten ansehen und dazu unsere Kommentare abgeben. Manche Fummel sehen aus wie ausgefranzte Gardinen, die mit Patex am Körper festgeklebt sind. Wir haben uns gefragt, ob man die beim Duschen wohl anbehalten kann. Löcher hatten sie jedenfalls genug, dass das Wasser überall hinkommen und sie in Windeseile wieder trocknen könnten.☺

Ab morgen habe ich wieder eine ganze Woche frei. Ich hatte ja etwas mehr arbeiten müssen, weil einige Kollegen krank waren. Die Chefin liebt es aber nicht, wenn wir Guttage anhäufen, also muss ich jetzt zwangsweise abfeiern. Ich habe vor, am Sonntag nach Köln zu meinen Eltern zu fahren. Es geht meiner Mutter nicht besonders gut. Sie hatte einen Kreislaufzusammenbruch. Alle dachten, es sei wieder ein Infarkt und so kam sie erst mal ins Krankenhaus. Glücklicherweise ist sie aber nun wieder zuhause. Nebenbei kann ich dann den kleinen Aaron endlich in den Arm nehmen. Es ist für mich sehr schwer, dass ich so viele Menschen, die ich sehr liebhabe im Moment nicht berühren kann. Ich bin eben ein sinnliches Wesen.

Heute konnte ich nicht anders, als meine Hand leicht auf der von Lars ruhen zu lassen. Ich musste mich irgendwie von ihm verabschieden, weil ich ja nach Köln fahre, obwohl ich eigentlich gern an den freien Tagen etwas mit ihm unternommen hätte. Ich glaube er war ein wenig enttäuscht, hat aber gemerkt, dass es mir sehr Leid tat. Wir schauten uns lange in die Augen. Aber auf der Arbeit konnte/wollte ich ihn unmöglich küssen. Es ist ein ganz anderes Gefühl, wenn ich mit Lars zusammen bin. Es ist keinerlei Prickeln da, nur sehr viel Wärme, Zärtlichkeit und Vertrauen. Ich hätte - glaube ich - überhaupt keine Berührungsängste oder Scham vor ihm, obwohl ich seine Mutter sein könnte. Vielleicht holen wir das Treffen ja noch nach.

Morgen werde ich meine Sachen zusammenpacken und ansonsten einen entspannten Gang einlegen. Sonntag fahre ich dann los, das ist ein super Tag auf der Autobahn.

Ich denke sehr häufig an Dich und liebe Dich noch wie bei unserer ersten Begegnung, wenn nicht sogar tiefer und inniger. Es wäre sehr schön, wenn ich wüsste, ob Du mit der Aufarbeitung Deiner Probleme weiterkommst. Sonst treibst Du mich unweigerlich in die Arme eines anderen!

Sei ganz lieb gegrüßt und zärtlich umarmt von Deiner Katharina ♥

PS: „Gib mir mein Herz zurück, du brauchst meine Liebe nicht..." (Grönemeyer)

12.
SMS von Katharina 14.01. um 22:17
Doch es geht nicht. Ich bin der regen und du ... ?

Re-SMS von Georg 14.01. um 22:25
... das Meer.

Re-SMSl von Katharina 14.01. um 22:28
Danke!!! Hdl

SMS von Katharina 15.01. um 21:55
Geliebtes Meer, ein warmer Regen durchdringt sanft Deinen Spiegel und lässt Dich gewaltig anschwellen ... Liebe Grüße aus Köln

Anruf von Georg 15.01. um 22:03
Zitternd: „Na, du!" „Hallo, Katharina! (leise krächzend) Der Arzt hat mir Redeverbot erteilt. Hab ne Kehlkopfentzündung. Und das vor der Generalprobe und der Premiere des neuen Stückes." „Oh, das tut mir sehr Leid!" „Was machst Du in Köln?" „Meine Mutter hatte einen Zusammenbruch und meine Tochter hat eine beginnende Thrombose. Ich schaue hier nach dem Rechten und helfe ein bisschen ..." „Oh, alles krank ..." „Ja, ich bin aber glücklicherweise gesund." Abgewandt, wie zu einem Kind: „Ja, ich komme gleich zu Dir!" Dann wieder zu Katharina:

„Ja, ich kann jetzt nicht reden und auch sonst ... Ich melde mich wieder!" Mit belegter Stimme und trockenem Mund: „Ich kann auch im Moment schlecht ..." „Dann, Tschüss!" „Ja, Tschüss! Gute Besserung."

SMS von Katharina 16.01. um 9:35
Mein liebes verstummtes Meer, ich hoffe, dass Du mir bald wieder mit mächtigem Tosen und schäumender Brandung den Atem raubst! Gute Besserung und toi, toi, toi!

Mail von Katharina 18.01. um 11:03
Betreff: Bin wieder zurück!
Hallo, mein Lieber!
Bin wieder zurück in Esens. Nun sitze ich hier vor meinem Computer und fühle mich elend. Es ist der Gipfel der Inkonsequenz nach einer *letzten Mail* doch wieder damit anzufangen. Zumal sich eigentlich an unserer Situation nichts geändert hat ... außer vielleicht, dass Du jetzt, ‚mein Meer' sein möchtest. (?) Bemerke im Moment leichte Gänsehaut am ganzen Körper.
Eigentlich bin ich eher ein vom Verstand gesteuerter Mensch (gewesen?). Mein Sternzeichen ist Jungfrau, das steht gemeinhin für alles Zuverlässige, Korrekte, Verantwortungsbewusste ... und so bin ich im Grunde auch. Und was noch

schlimmer ist - ich habe es genossen, dass mich nichts so schnell aus der Ruhe und von meinem eingeschlagenen Weg abbringen konnte. Ich bin die verständnisvolle Freundin, die allen gute Ratschläge geben kann, die sich aber niemals aufdrängt und immer mehr zu geben bereit ist, als sie vordergründig zurückbekommt.
Das heißt überhaupt nicht, dass ich in irgendeiner Weise gefühlskalt bin. Es ist eine seltsame Kombination. Ich bin zu solch großen stürmischen Gefühlen fähig, dass ich die niemandem erklären kann. Aber diese Gefühle gehörten mir immer nur selbst. Ich habe die niemals mit jemandem zu teilen gewagt - aus Angst vor Verletzungen?
Ich glaube, dass ich eine Art ‚Katerstimmung' habe.
Bei meinen Verwandten war es überaus liebevoll. Mein kleiner Enkel ist ein so süßes Baby und seine dunkelblauen Augen erzählen noch von der anderen Dimension, die wir alle zur Menschwerdung verlassen und vergessen mussten.
Da ich jeden Morgen um 6 Uhr für meine Eltern und eine alte Tante den Schnee wegräumte, erlebte ich sehr kurze fast schlaflose Nächte voller Sehnsucht nach Dir. Die Rückfahrt mit dem Wagen war einigermaßen anstrengend wegen der Witterungsbedingungen. Habe mit einer kleinen

Pause doch etwas über dreieinhalb Stunden gebraucht. Da kann man ja dann leider nicht 200 fahren! Beim Autofahren funktioniert der Verstand glücklicherweise meistens noch.

Der große Garten meiner Eltern war so schön zugeschneit, dass ich mir vorkam wie im Winterurlaub. Spielte mit meinen Nichten (Töchter meines verstorbenen Bruders) im Schnee. Sie schossen ein paar ganz nette Fotos, die sie mir eigentlich mailen wollten. Aber bei Kindern ist das mit der Zuverlässigkeit so'ne Sache. Wenn ich sie noch erhalte, schicke ich Dir eins.

Habe von Dir ja einen ganzen Haufen Bilder aus dem Internet auf dem Computer. Euer neues Theaterstück hört sich komisch an und die Fotos machen Lust auf mehr/Meer.

Vielleicht schaffe ich es mal wieder nach Hamburg in eine Vorstellung. Werde Dich aber nicht mehr vorwarnen. Ich gehe dann inkognito! Hab keinen Bock auf weitere Hoffnungen und anschließende Enttäuschungen.

Ab morgen muss ich wieder drei Tage arbeiten. Leider nicht nur mit meinen netten Kolleginnen. Auf der Arbeit hat sich ein 37 jähriger Kollege in mich verliebt. Er schrieb mir schon einige ziemlich eindeutige Mails. Eine davon ist eine Einladung zu einer "Schlafberatung" bei ihm. Er ist ja ganz süß und nett, aber wirklich zu jung für mich, obwohl er ständig betont, dass Alter keine Rolle spielt. Ich bin nicht in ihn verliebt! Aber in meinem Inneren tanzt ein verflucht verrücktes kleines Teufelchen, das sich über seine Gefühle für mich freut ...

Schläfst Du eigentlich zur Zeit mit anderen Frauen? Du weißt was ich meine, auch wenn ich mich jetzt nicht drastisch ausdrücke. Ich kann Dir nicht sagen, wie lange ich diese ständige Anmache ohne körperliche Entladung noch aushalte. Lea meint, dass ich jetzt unbedingt ordentlichen Sex brauche, wegen der Kundalini-Kräfte. Hab mir erst mal im Internet einen Dildo bestellt, vielleicht hilft das ja?

Ich glaube, ich war in meiner Mail diesmal etwas grell. Gefällt mir eigentlich nicht. Möchte lieber sanft und lieb mit Dir umgehen... Ich liebe Dich mit einer großen Zärtlichkeit. Schade, dass alles so schwierig ist! Sei ganz fest umarmt und zärtlich geküsst von mir ♥

13.
Mail von Katharina 19.01. um 5:37
Betreff: lol

Mein Liebster!
Hier ist jetzt was zum Lachen! Das Päckchen mit dem Dildo kam gestern noch an. Es war ja glücklicherweise neutral verpackt. Aber ich bin mir nicht sicher, ob der Postbote nicht doch etwas ahnte, der schaute mich mit solch einem seltsamen Lächeln an, als ich die Annahme quittierte.
Da Benny noch bei der Arbeit war, konnte ich alles sofort auspacken. Obendrauf lagen natürlich ein Haufen Prospekte, aber als ich die zur Seite packte, hätte ich laut aufschreien mögen! Der Dildo war in durchsichtigem Plastik verpackt und grinste mir gleich derart unverschämt entgegen, dass es mich wie Feuer durchfuhr. Ich *musste* ihn sofort auspacken!!! Die kleinen ‚Geschenke', welche freundlicherweise noch beigefügt waren, ließ ich erst mal links liegen. Dann hielt ich ihn in den Händen. Sah einfach nur geil aus und fühlte sich auch so an - irgendwie zwischen hart und trotzdem weich genug, um nicht zu künstlich zu wirken. Überhaupt: diese gewaltige Erektion, diese fast natürliche Schönheit (es sind sogar Adern zu sehen), diese pralle samtige Eichel ... (Ich werde schon wieder erregt, dabei

wollte ich Dir nur was Witziges erzählen und muss ja auch gleich zur Arbeit.) Ich ging also mit dem Ding ins Schlafzimmer und gleich ins Bett. Ich hätte mich auch rittlings darauf setzen können. Als Standfläche sind die angedeuteten Hoden extra unten abgeflacht. Praktisch!

Na, ja, es war wie Du Dir denken kannst, der Reinfall schlechthin. Ich weiß ja nicht wie andere Frauen so ausgestattet sind. Immerhin habe ich drei Kinder geboren. Aber ich bin ja schließlich keine Stute!

Warum verkaufen die einem solche Monster? Habe es später noch mit dem Mund versucht - war auch nicht schmerzfrei möglich. Und da bin ich mir meiner guten Ausstattung absolut sicher. Nun habe ich noch die Wahl, es mit den beigefügten Handschellen zu umschließen (ist ja fast so dick wie ein Unterarm) und an meine Schlafzimmerwand zu nageln - als warnendes Beispiel oder optische Anregung. Zurückgeben geht ja nicht mehr, weil ich dumme Kuh es in meinem Wahn auspacken musste! Die Moral von der Geschicht: Ich bin einfach zu ungeschickt oder naiv für alles, was mit Sex zu tun hat! Muss jetzt schnell zur Arbeit. Sonst verpasse ich die Fähre. Bleib mir gewogen, mein Liebster, auch wenn ich so unmöglich bin.

Liebe Grüße und zärtliche Küsse von mir ♥

Mail von Katharina 19.01. um 20:48
Betreff: Liebe Grüße von meiner Mutter
Lieber Georg! Habe gestern noch was Wichtiges vergessen. Meine Mutter lässt Dir herzliche Grüße bestellen. Sie ist ganz begeistert, weil ‚euer Theaterstück' ab dem 13.3. auch nach Köln in die Komödie kommt. Sie vermutet natürlich, dass Du dahinter steckst. Ich hab sie mal in dem Glauben gelassen, denke aber, dass solche Spielpläne schon längerfristig vorbereitet und zusammengestellt werden. Trotzdem ist das doch irgendwie toll, nicht wahr? Das Stück ist natürlich anders besetzt. Meine Mutter war sehr enttäuscht, dass Du nicht mitspielst, will es sich aber - zum Vergleich - trotzdem nochmal anschauen. Damit habe ich meine Pflicht erfüllt - jetzt kommt die Kür!

Hatte heute einen wundervollen Arbeitstag voller Lachen und habe dabei festgestellt, dass Lachen die beste Medizin gegen diese verfluchten Kundalinikräfte ist. So einfach lösen sich manche Probleme, die uns so riesig erscheinen!☺

Da ich soviel Gelegenheit zum Lachen habe und das auch ausgesprochen gern tue, dürfte ich die Sache wohl in den Griff bekommen (echte ‚Jungfrau-Manier'). Du wirst mir ja bei meinen Bemühungen ab jetzt wieder ‚über die Schulter schauen'. Vielleicht bestelle ich mir trotzdem den Dildo nochmal ne Nummer kleiner - nur vorsichtshalber ... (fast) ganz ehrlich!

Ich hoffe, dass es Dir inzwischen gesundheitlich wieder besser geht und die wichtigen Vorstellungen große Erfolge waren. Leider krieg ich hier auf dem Land nicht viel davon mit. Manchmal sehe ich mir abends für ne halbe Stunde den Regionalsender von Hamburg an. Dann hab ich einfach das Gefühl in Deiner Nähe zu sein und mir kommt auch schon vieles bekannt vor, wenn Bilder aus der Stadt gezeigt werden.

Meine strenge Chefin hat gekündigt und zieht demnächst nach München. Dort hat sie eine tolle Stelle gefunden. Sie scheidet also sehr glücklich aus unserem Hotel, und wir sind alle begeistert, dass sie endlich geht! Dafür habe ich zweieinhalb Jahre lang gebetet, und es ist endlich genauso eingetreten.☺

Das sagt mir wieder, dass alles möglich ist und man die Hoffnung nie aufgeben soll!

Ich weiß, dass ich das wundervollste Jahr meines Lebens vor mir habe - das fühle ich in jeder Zelle meines Körpers, und es kann nicht anders als wirklich wahr sein! Bin auf dem Höhenflug ganz ohne einen besonderen Auslöser - das ist bei mir manchmal so. Irgendwann komme ich da auch (leider) wieder runter.

Sei ganz herzlich von mir gegrüßt, liebevoll umarmt, zärtlich geküsst und ... (was immer Du willst, bei Dir gibt es für mich kein Tabu) ♥
PS: Ich kann Dir ja völlig gefahrlos sowas alles schreiben. Bist ja doch nur mein ‚Sorgentelefon'. Und das besitzt ja definitiv kein wehendes Haar, keine zauberhaften Augen, keine sinnlichen Lippen, keinen Sahnebonbon-Popo und erst recht keinen geilen ‚Ständer', mit dem es mich irgendwie verwirren oder um den Schlaf bringen könnte!☺

Mail von Katharina 20.01. um 21:09
Betreff: Currywurst

Hallo, liebes Sorgentelefon oder liebes Meer - Du darfst es Dir heute aussuchen, denn es ist mein großzügiger Tag!
Das kommt daher, dass ich soeben eine ordentliche Portion Currywurst mit Pommes zubereitet und sofort verspeist habe. Ich bin nun pappsatt und rundherum zufrieden wie ein Baby an der Mutterbrust! Du musst wissen, Currywurst gibt es bei mir nur aus einem Anlass (und für diesen Fall halte ich immer eingefrorene Bratwürstchen bereit), nämlich, wenn mir abends auf der Fähre dieser Duft in die Nase steigt, weil sich irgendein Gast eine Portion „Currywurst im Weckglas" be-

stellte. Ich nahm es heute seltsamerweise nicht gleich wahr, aber Laura konnte sich nicht verkneifen, mich darauf aufmerksam zu machen. Die lachen sich alle fürchterlich darüber kaputt, dass ich mich so schlecht beherrschen kann und machen sich gern einen Jux daraus, meine abendlichen Kochgelüste derart durcheinander zu bringen. Das funktioniert aber wirklich nur mit der Currywurst auf der Fähre - Gott sei Dank!

Der Tag im Hotel war heute sehr anstrengend. Wir hatten zehn Abreisezimmer zu bewältigen und alle restlichen waren auch belegt. Glücklicherweise hatte die Chefin Kreide gefressen. Sie nahm mich sogar in den Arm und wünschte mir alles Gute für meine bevorstehende Operation. Morgen brauche ich überraschend doch nicht zu arbeiten, weil sie mir Gelegenheit geben will, meine Angelegenheiten zuhause vor dem Krankenhausaufenthalt zu regeln. Ist ja alles nett gemeint, aber ich hätte lieber gearbeitet, weil ich dabei soviel Spaß habe. Und außerdem bekamen sämtliche Kolleginnen und Kollegen mit, dass ich operiert werde und machten einen Aufstand daraus, als ob es sein könnte, dass ich möglicherweise abkratze.

Dabei ist das nur ein kleiner Eingriff und ich fühle mich im Pius-Hospital in Oldenburg ganz super damit aufgehoben. Benny hat sich ab Mittwoch freigenommen und wird mich fahren. Ich bleibe voraussichtlich nur eine Nacht in der Klinik. Dann werde ich aber für zwei Wochen krankgeschrieben, was mich jetzt schon sehr nervt. Bin keine besonders geduldige Patientin, wenn man mir die Bewegung beschneidet. Ich brauche das Herumwuseln wie die Luft zum Atmen!

So, mein Liebster, nun weißt Du, warum ich (vielleicht) mal kurz von Deiner Bildfläche verschwinde. Evtl. bemerkst Du das aber auch gar nicht, weil ich ja immer fürchterlich redselig bin.

Heute Nacht schrieb ich ein kleines Märchen, es überkam mich plötzlich. Will es Dir nicht vorenthalten - warum auch immer. Suche darin besser keinen tieferen Sinn, ich hab den auch nicht wirklich gefunden, war einfach nur ein verbaler Spaß, die reine Lust am Fabulieren ...

Sei liebevoll umarmt und innig geküsst von mir ♥
PS: Darf man Sorgentelefone küssen oder riskiert man damit, dass sie dann menschlich reagieren? Sag mal "Piep!"

Anhang

Das Meer
Es war einmal eine Meerjungfrau, die lebte in einem wundervollen azurblauen Meer, in dem es

ihr an nichts fehlte. Sie verbrachte ihre Tage mit Schwimmen, Tauchen und Plantschen in dem kristallklaren Wasser oder ritt jauchzend auf den schäumenden Wellen. Nachts schlief sie ganz ruhig und friedlich in den schützenden Seetangfeldern auf dem Meeresgrund. Dann träumte sie von den bizarren Korallenriffen, die sie erforscht hatte und den buntschillernden kleinen Fischen, welche sie immer auf ihren langen Streifzügen unter Wasser fröhlich begleiteten. Und das Meer umhüllte sie mit einer innigen Liebe, deren große Kraft sie selbst in ihren Träumen noch spürte.
Nun war das Meer angefüllt mit Millionen von Lebewesen. Alle waren auf ihre Art schön und hatten in dem Gesamtgefüge ihre wichtige Bedeutung. Aber das Meer empfand die Meerjungfrau als etwas ganz besonderes. Es liebte sie mit einer Zärtlichkeit, die ihm selbst übertrieben erschien. Manchmal fragte es sich, wenn es ihren süßen Schlummer bewachte, ob seine große Liebe zu ihr noch von dieser Welt sei. Das Meer war von tiefen Glücksgefühlen erfüllt, wenn die Meerjungfrau glücklich war und es strengte sich an, zu ihrer Begeisterung beizutragen, soviel es nur vermochte.
Was war es nur, das diese Liebe bedingte und nährte? Das Meer konnte sich – wie alle wahr-

haft Liebenden – diese Frage nicht beantworten. Es war hilflos seinen Gefühlen ausgeliefert. Es musste seine Angebetete zärtlich einhüllen, umfangen, auf seinen Wellen schaukeln. Sie war genau das, was es wollte, wonach es sich sehnte und was sein ganzes großes Verlangen nach Liebe stillte – täglich wieder aufs Neue. Es bewunderte ihre natürliche Schönheit, die Eleganz ihrer Bewegungen, mit denen sie seine Fluten durchschnitt. Es glättete ihr goldenes langes Haar, welches wie ihr schuppiger Schwanz in jedem Sonnenstrahl funkelte und glänzte. Es betrachtete ihre wundervollen bernsteinfarbenen Augen, die plötzlich vor Begeisterung in ein strahlendes Grün wechseln konnten. Und es streichelte ihre vollen zarten Lippen, die manchmal so gefühlvoll und genüsslich an seinen Tropfen saugten.
Nun hätte das Meer glücklich sein können, aber es wollte nichts mehr, als die Gewissheit, dass seine Liebe erwidert wurde. Die Meerjungfrau erschien ihm zwar glücklich in seinem Element. Sie war so sehr sie selbst und lebte nur ihrer Bestimmung, dass sie einfach glücklich und zufrieden sein musste. Aber war ihr bewusst, dass das Meer sie so liebte und liebte sie es mit gleicher Intensität? Wie konnte das Meer dies je erfahren? Sie sprachen nicht dieselbe Sprache, sie waren nicht von der selben Art …

Das Meer kam auf den seltsamen Einfall, sich von der Meerjungfrau zu trennen. Sie sollte spüren, wie es war, ohne seine große Liebe und Fürsorge zu existieren.

An einem stürmischen Dezembertag, der Himmel war von drohenden Wolken verhangen, und ein ohrenbetäubendes Brausen lag über dem Meer, trug eine riesige Welle die Meerjungfrau an den Strand, wo sie hilflos liegen blieb. Sie wusste nicht wie ihr geschah. Sie litt und weinte salzige Tränen. Sie fühlte sich hilflos, unbeweglich und schrecklich allein. Mühsam robbte sie in Richtung des Meeres, doch ein Sandstreifen mit spitzen Steinen gespickt versperrte ihr den Weg. Sie lag dort und fühlte sich dem Tode nahe. Mit letzter Kraft rief sie nach dem einzigen Element, das ihr das Leben erhalten konnte und überhaupt lebenswert erscheinen ließ. Sie kannte nur das Brausen der Wellen. Und so sang sie das Lied des Meeres.

Ihre Stimme war so verzweifelt, ihm gleichzeitig so vertraut und von einer herzzerreißenden Schönheit, dass das Meer sie noch durch das Tosen des Sturmwindes vernahm. Nicht eine Minute länger konnte es die geliebte Meerjungfrau ihrem Leiden überlassen. Es fürchtete sie zu töten. Die nächste mächtige Welle saugte das zarte Wesen zurück ins Meer.

Seither waren alle Zweifel des Meeres beseitigt. Die Meerjungfrau hatte sich seiner Sprache bedient und ihm damit ihre Liebe bewiesen.

für „‚... das Meer' von Katharina, 20. Januar

14.

Mail von Katharina 21.01. um 20:19
Betreff: Schneebild

Guten Abend, liebster Georg!
Nun ist das Schneebild für Dich doch noch bei mir gelandet. Meine Schwester musste sich einschalten, weil meine Nichten das irgendwie mit der Versendung nicht gebacken bekamen. Dadurch hatte ich nun auch keine Auswahl. Sie schickte mir nur zwei Fotos, die sie gut fand - na ja, wie kleine Schwestern so sind! Ich muss mir unbedingt ne neue Digitalkamera kaufen, sobald es möglich ist. Diese Abhängigkeiten ertrage ich nur schlecht.
Hier schneit es nun auch schon den ganzen Tag. Das wird morgen eine unangenehme Fahrt nach Oldenburg zur Voruntersuchung.☹
Seit heute Früh habe ich das seltsame Gefühl, dass irgendwas mit Dir nicht in Ordnung ist. Ich hoffe sehr, dass ich mich täusche! Konntest Du Dich von Deiner Kehlkopfentzündung erholen? Du hattest ja nicht wirklich die Möglichkeit, Deine Stimme zu schonen. Hoffentlich geht es Dir trotzdem inzwischen gut/besser. Wäre schön, wenn Du ab und an ein <u>kleines</u> Lebenszeichen senden könntest, sonst denke ich, dass ich nerve.

Und wenn das tatsächlich der Fall ist, kannst Du es mir sagen.
Ich kenne Dich ja nicht so gut, wie Du mich und bin deshalb leider immer auf Vermutungen angewiesen. Vieles, was ich Dir schreibe entspringt einem gewissen Übermut, der erst seit ich Dich traf von mir Besitz ergriffen hat. Aber ich halte mich stets an die Wahrheit, so kannst Du darauf vertrauen, dass meine Mails mich spiegeln und keine Illusionen sind. Natürlich kann ich mich und meine Welt nur mit *meinen* Augen sehen. Du würdest alles aus Deiner Sicht anders beurteilen - nehme ich an. Das ist auch eigentlich der Grund, weshalb ich gern etwas mehr Normalität zwischen uns hergestellt hätte.
Vielleicht hätte es bei einem Treffen im Dezember zwischen uns ‚geknallt bis nach Meppen'. Von meinen aufgestauten Gefühlen her wäre das wahrscheinlich gewesen. Vielleicht wären wir uns aber auch sehr fremd und reserviert gegenüber gestanden und völlig ernüchtert auseinander gegangen. Wenn ich mich in einer Situation unwohl fühle, bin ich äußerst verkrampft und kann sehr abweisend wirken. Ich würd es immer noch gern ausprobieren, weil es mich nervt, das nicht zu wissen.
Kannst Du genauso wenig zu mir nach Esens kommen, wie ich zu Dir nach Hamburg kommen

darf? Wenn ich nicht ahne, was dahinter steckt, kann ich auch keine vernünftigen Vorschläge machen.

Also, wenn da ne andere Beziehung ist, so haste die meines Erachtens jetzt schon ganz schön belastet! Ich würd das nicht wollen, dass mein Liebster bei der Mail von einer Anderen einen ‚Ständer' bekommt. Oder ich würd mich dann fragen, was bei uns falsch läuft. Und wenn er auf die SMS einer anderen Frau "Ich bin der Regen und Du ...?", "... **das Meer.**" geantwortet hätte, käme ich mir vielleicht betrogen vor.

Siehst Du das völlig anders? Bin ich ‚vom alten Zopf'? Was hast Du zu verlieren, wenn Du mich triffst? Eigentlich hab ich viel, viel schlechtere Karten. Und wenn ich den Verstand einschalte, befällt mich die blanke Angst vor solch einem Treffen, und ich zittere am ganzen Körper. Nur, mein Verstand ist, wenn es um Dich geht, (glücklicherweise?) meistens in der untersten Schublade!

Verstehe mich bitte nicht falsch. Möchte Dich keineswegs bedrängen. Ich liebe es, Dir meine Mails zu schicken - es hat einen gewissen Selbstwert, auch ohne, dass wir uns jemals treffen würden. Aber dann müsste ich mir über kurz oder lang eine andere Beziehung aufbauen. Ich will und kann jetzt nicht weiter auf körperliche

Liebe verzichten und sehe auch keinen Sinn mehr darin. Und was das Überraschendste für mich daran ist, ich hätte auf einmal gewisse Gelegenheiten.

Du bist der Mann meiner Träume! Aber ich weiß auch, dass nur sehr wenige Frauen das große Glück haben, wenigstens eine unvergessliche Nacht mit ihrem Traummann zu verbringen, geschweige denn noch Schöneres ... Da stehe ich dann mit meiner unvermeidbaren Enttäuschung zumindest nicht allein.

Bin wohl ein bisschen sentimental, wegen der bevorstehenden Operation. Sie wird mich auch mindestens für eine Woche einigermaßen lahmlegen, so dass Du nicht körperlich mit mir rechnen musst/kannst. Was telefonieren angeht - probiers einfach! Mein Mund ist zwar immer etwas trocken, wenn Du anrufst (die Feuchtigkeit wandert dann an andere Stellen), aber ich will versuchen, einigermaßen vernünftig mit Dir zu sprechen. Und meine Freude über jedes Lebenszeichen von Dir ist unbeschreiblich!

Benny nervt! Ich soll mit ihm fernsehen. Er sagt: "Was machst Du solange? Das ist keine Mail, das ist ein Roman!" Und das stimmt ja auch.

Ich wünsche Dir schöne entspannte Träume und sende Dir ganz viel tiefe Liebe

Katharina ♥
Anhang
Foto: Katharina im Schnee

Mail von Katharina 22.01. um 20:33
Betreff: Bin dann mal weg ...

Du Sehnsucht meiner schlaflosen Nächte! Hänge jetzt ziemlich in den Seilen. Es war alles sehr stressig und nervenaufreibend. Hatte noch einige wichtige Unterlagen zuhause vergessen. Glücklicherweise sind die in dem Krankenhaus alle sehr nett und freundlich. Konnte mich erfolgreich damit entschuldigen, dass ich verliebt bin und mein Verstand nicht funktioniert.
Morgen muss ich dann wieder um kurz nach sechs Richtung Oldenburg fahren. Ich hoffe, dass die Straßenverhältnisse etwas besser sind als heute. Danach gebe ich meine Selbstbestimmung an der Krankenhauspforte ab und hoffe, dass ich dort heil wieder rauskomme. Es wird nun doch eine Vollnarkose. Hat ein paar Risiken mehr und stecke ich wohl nicht so leicht weg ... Da muss ich durch!

Hätte heute einen lieben Menschen an meiner Seite nötig. Mir fällt nur Lars ein, der bestimmt gern besonders lieb zu mir wäre und nicht weit entfernt wohnt. Aber ich scheue mich, mit einem Kollegen so auf Tuchfühlung zu gehen. Wenn das nicht funktioniert und plötzlich zu Ende ist, läuft man sich zwangsläufig immer über den Weg ... Und eigentlich befindet er sich auch aufgrund des Altersunterschiedes mehr in der ‚Kumpelzone'.

So, ich will in meiner bescheuerten Stimmung keinen weiteren Unsinn schreiben! Ich bin dann mal weg - weiß nicht wie lange.

Ich liebe Dich - auch wenn es mir gerade völlig hoffnungslos erscheint.

Sei ganz herzlich gegrüßt und tausendmal geküsst von Deiner Mail-Freundin ♥

Mail von Katharina 24.01. um 18:53
Betreff: Hurra, ich lebe noch!

Liebes (eingerostetes?) Sorgentelefon!
Deine Verschnaufpause hat nicht lange gedauert ... hier bin ich wieder! Alle Depressionen total verflogen, bin super drauf und heilfroh, wieder unter den Lebenden zu weilen.

Hatte im Krankenhaus das große Los gezogen, nicht nur bei den Ärzten sondern auch mit den beiden Zimmergenossinen. Es gab soviel unterhaltsamen Spaß, dass ich eigentlich gar nicht so gern nach Hause wollte. Und Birgit war auch sehr traurig darüber, weil sie noch bleiben musste.

Es begann alles damit, dass die Krankenschwester, die mich auf mein Zimmer führte, Benny für meinen Mann hielt. Ich fühlte mich natürlich sehr geschmeichelt (zumal ich für ihn ja nicht gerade eine junge Mutter bin), und er war leicht angepisst. Tat ihm mal ganz gut. Er sollte mal besser auf sich achten!

Birgit suchte dann gleich das Gespräch mit mir, weil sie etwa in meinem Alter war und seit einiger Zeit mit einem zehn Jahre jüngeren Mann zusammen. Wir waren sofort auf einer Wellenlänge und haben uns köstlich unterhalten. Es gab keine Themen, die wir nicht miteinander durchhecheln konnten - ohne Punkt und Komma! Sie hatte Witz und Verstand und war gerade zum zweiten Mal dem Sensemann von der Schippe gesprungen. Eine beeindruckende Persönlichkeit und ein atemberaubend-schillerndes Universum!

An meiner anderen Seite lag eine 95jährige geistig noch sehr rege Dame, die glücklicherweise etwas schwerhörig war (wegen unserer nicht immer ganz harmlosen Gespräche) und ab und zu aus ihrem großen Erfahrungsschatz einiges sehr Tiefsinnige beisteuerte.

Ich war durch die tollen Gespräche vor der OP, auch ohne die viel zu spät verabreichte LMAA-Tablette, so super entkrampft und gut drauf, dass ich fast den Operationssaal gerockt hätte. Ob die OP einen guten Erfolg zeigt, werden nun leider erst die nächsten Tage und Wochen entscheiden. Muss mich sehr streng an alle Anordnungen der Ärzte halten, was mir einigermaßen schwerfallen dürfte. Schwimmen ist auch für sechs Wochen verboten, darüber könnte ich glatt heulen. Denn jetzt ist genau die Zeit, die ich so liebe, weil man die tollen Hallenbäder an der Küste fast ganz für sich allein hat.

Na, bis unser Hoteleigentümer mit der ganzen Belegschaft nach Paris fährt (25. Februar), wird es mir wohl wieder so gut gehen, dass ich ohne Schwierigkeiten daran teilnehmen kann. Meine Kolleginnen und ich freuen uns nämlich schon seit Weihnachten auf diese tolle dreitägige Freizeit.☺

Gerade hatte ich einen heißen Disput mit Benny über seine steinalte kaputte Jogginghose. Er läuft dauernd damit herum und will absolut keine neue.

"Wenn Du die wegschmeißt, haste Dein Leben lang bei mir verschissen ...!"

Nur wenn er ein Date hat, zieht er in seiner Freizeit freiwillig was anderes an. Ich glaube, dass ich

eine schlechte ‚Jungen-Mutter' bin. Da braucht man mehr Haare auf den Zähnen.
Unsere Kosmetikerin im Hotel hat zwei Söhne, und die riet mir, Bennys herumliegende Sachen mit Kressesamen zu bestreuen und dann einmal mit der Gießkanne zu berieseln. Das soll bei ihren Burschen Wunder gewirkt haben.
Ich konnte mich aber noch nicht dazu durchringen, weil ich wahrscheinlich nach einigen Wochen die Sauerei selbst beseitigen müsste. ☹
Ja, mit den Mädchen war auch nicht alles einfach, aber für mich besser nachzuvollziehen.
Wird sicher für Dich mit Deinen Töchtern auch nicht immer leicht sein. Du hast ja zusätzlich noch dies Entfernungsproblem (in zweierlei Hinsicht?). Ich leide ja schon darunter, dass meine erwachsenen Töchter nicht vor Ort sind, wieviel schlimmer ist es mit unmündigen Kindern! Ich kann wirklich verstehen, dass Du verdammt viel um die Ohren hast, wenn Du bemüht bist, alles gut zu machen - und das bist Du bestimmt.
Aber nun bin ich wieder der Unmöglichkeit verfallen, meinem Sorgentelefon Vermutungen und Interpretationen anzudichten, die mich überhaupt nichts angehen. Ich glaube, dass ich einfach eine schrecklich neugierige Ziege bin, was alle Menschen betrifft, die mich interessieren. Und das hat sich jetzt sogar auf ein völlig anony-

mes unschuldiges Sorgentelefon - wie Dich - ausgeweitet. Entschuldige!

Würde jetzt zu gern schön geschützt im Strandkorb sitzen und genussvoll beobachten, wie der warme Sommerregen sich ins blaue Meer ergießt und dabei die Oberfläche so unwiderstehlich sanft kräuselt! ♥

Katharina

15.

SMS von Katharina 24.01. um 22:45
Ebbe oder Flut?

Re-SMS von Georg 24.01. um 22:48
Alpen

Re-SMS von Katharina 24.01. um 22:52
Schade! Hab ich schon gefühlt...

Re-SMS von Georg 24.01. um 22:58
Ja, ... Sehr schade. Ging nicht, geht leider nicht.
☹

Mail von Katharina 24.01. um 23:12
Betreff: Letzte Bitte!

Lieber Georg!
Vielleicht ist meine Bitte überflüssig - denn ich halte Dich nach wie vor für einen Ehrenmann:

LÖSCHE BITTE MEINE SÄMTLICHEN EMAILS UND SMS SOWIE DIE EMAIL-ADRESSE UND MEINE TELEFONNUMMERN!

Ich verfahre mit Deiner Email-Adresse und Deiner Handy-Nummer ebenso.

Schade, dass es so enden musste - war ja nur noch ein Nachkarren. Hätte mir gewünscht, dass Du mir eher ‚reinen Wein' einschenkst!
Alles Gute für Deine Zukunft!

Katharina

Mail von Georg 05.02. um 13:06
Betreff: entschuldige!
liebe katharina,
habe mich nicht gerade gut benommen. tut mir sehr leid. Entschuldige. deine tollen mails haben mich gleichzeitig angemacht und verstört. hatte ehrlich angst dir zu begegnen – auch wenn sich das beknackt anhört für einen mann von mitte vierzig...
was erwartest du eigentlich von mir? ich bin doch kein idol und will auch keins sein! du kennst mich doch gar nicht wirklich – wie kannst du behaupten, mich zu lieben?
lg georg

Re-Mail von Katharina 05.02. um 20:30
Lieber Georg!
Entschuldigung angenommen!
Muss erst mal verdauen, dass Du überhaupt noch da bist. Hatte wirklich alles gelöscht, was mich an Dich erinnerte. Auf meinem PC lacht

jetzt als Hintergrundbild mein kleiner süßer Enkel.

Was soll ich auf Deine Mail antworten? Du weißt im Grunde, dass ich immer für mehr Normalität zwischen uns eingetreten bin. Ich hätte Dich gern früher näher kennengelernt, um zu sehen, ob zwischen uns überhaupt ‚was geht'. Du hast mir ja keine Chance gegeben. In letzter Zeit warst Du für mich nur noch eine heißgeliebte Illusion. Leider!☹

Ich habe es auch satt, ein „Idol" zu lieben!
Gruß von Katharina

SMS von Georg 05.02. um 21:58
Hab nachgedacht … Weiß nicht, ob es richtig ist … Lass einfach treffen! Georg

Re-SMS von Katharina 05.02. um 22:03
Wann und wo? Ich hab Panik!!!

Re-SMS von Georg 05.02. um 22:05
Ich auch!!! Komme morgen zu dir … Sags jetzt, wenn du nicht willst!

Re-SMS von Katharina 05.02. um 22:11
Verstand abgeschaltet. Kann nichts sagen. Aber ich will sooo sehr… Bis morgen! Schlaf schön! Katharina ♥

Mail von Katharina 07.02. um 10:25
Betreff: Komm gut nach Hause!

Mein Liebster!
Meine Hände zittern noch ...
Ich hoffe, Du sitzt gemütlich im Zug und kannst ein wenig ausruhen von der turbulenten Nacht?! Mit Schlafen war ja nicht gerade viel ...
Ich danke Dir für das ausführliche erhellende Gespräch. Es hat mir sehr geholfen, Deine Beweggründe zu akzeptieren. Und auch von allem, was sonst noch zwischen uns geschah, bereue ich nichts. Es war wunderschön mit Dir, wenn auch anders als in meinen Fantasien.
Nun schlafe etwas und träume süß – Du strahlende Sonne, die den Herbst meines Lebens für kurze Zeit in einen duftig blühenden Garten verwandelte.
Sei ein letztes Mal zärtlich umarmt und geküsst von Katharina ♥
PS: Du hast deinen Schal vergessen. Ich hoffe, dass Du nicht frierst? Dein Einverständnis vorausgesetzt, behalte ich ihn zur Erinnerung.

✂-Schnitt-Ende

Epilog

Sofern den Erzählungen wirkliche Erlebnisse zugrunde liegen, wurden Personen und Orte verändert, damit Rückschlüsse auf das Geschehene nicht möglich sind. Sämtliche Namen sind erfunden.

Jegliche Übereinstimmung mit lebenden Personen oder tatsächlichen Begebenheiten wäre rein zufällig und ist von der Autorin nicht beabsichtigt.

Danksagung

Ich danke meinem lieben Mann für seine vielfältige Unterstützung und Geduld. Ohne ihn wäre es mir nicht möglich, mein zeitaufwendiges Hobby auszuüben.

Die vielen Menschen, die mehr oder weniger zufällig meinen Weg kreuzten, und bewusst oder unbewusst zahlreiche Anregungen zu meinen Geschichten lieferten, besitzen für immer einen speziellen Platz in meinem Herzen.

Ein besonderer Dank gilt meinen Leserinnen und Lesern, die meine Bücher fortwährend mittels ihrer eigenen Fantasie zum Leben erwecken.

Marion Scheer

Zur Autorin

Marion Scheer wurde 1952 in Düsseldorf geboren. Im Anschluss an eine Banklehre und einige Jahre als Sachbearbeiterin bei einer Düsseldorfer Großbank, studierte sie Mathematik, Geografie und Geschichte auf Lehramt. Sie lebt und arbeitet seit fast vierzig Jahren an der ostfriesischen Nordseeküste und ist mehrfache Mutter und Oma. Solange sie schreiben kann, betreibt sie in ihrer Freizeit die Schriftstellerei. Dabei verarbeitet sie vorwiegend tatsächliche Begebenheiten und Erlebnisse. Leider verhinderten mehrere schwere Schicksalsschläge, dass ihre Romane und Geschichten schon früher veröffentlicht wurden.

Heute lebt die Schriftstellerin mit ihrem jetzigen Ehemann zurückgezogen in der Nähe von Emden.

Kontakt: mascheer@gmx.net

Weitere in diesem Verlag
erschienene Bücher
von Marion Scheer:

Die Frau des Quacksalbers
(Ostfrieslandkrimi)

Die Deichhexe
(Ostfrieslandkrimi)

Hundeverbot
(Ostfrieslandkrimi)

Das Mädchen vom Sperrwerk
(Ostfrieslandkrimi)

Von Tieren und Menschen
(Geschichten)

Drachenliebe
(fantastische Geschichte)

Schmerzliebchen
(Frauenschicksal)

Von Mäusen, Mördern und Memoiren
(Roman)